살았다
썼다
사랑했다

살았다
썼다
사랑했다

엮은이 **김규회**

떠다니는 정보를 글로 붙잡아 표현하는 일에 기쁨과 행복을 느끼는 '지식 크리에이터'. 연세대에서 문헌정보학을 공부하고 동아일보 공채 조사기자로 입사해 조사연구팀장, 지식정보팀장, 부국장, 기획위원을 지냈다. 현재 덕성여대에서 강의를 하고, '도서관닷컴'을 운영하며 취재하고 글짓는 일을 한다.

지은 책으로 《상식의 반전 101》《인생 격언》(공저) 《법칙으로 통하는 세상》《우리가 사랑한 한국 소설의 첫 문장》《한국인이 사랑한 세계 명작의 첫 문장》 등이 있다.

살았다 썼다 사랑했다

초판 1쇄 인쇄 2025년 3월 10일
초판 1쇄 발행 2025년 3월 20일

엮은이 김규회

펴낸이 김찬희
펴낸곳 끌리는책

출판등록 신고번호 제25100-2011-000073호
주소 서울시 구로구 연동로 11길 9, 202호
전화 영업부 (02)335-6936 편집부 (02)2060-5821
팩스 (02)335-0550
이메일 happybookpub@gmail.com
페이스북 www.facebook.com/happybookpub
블로그 blog.naver.com/happybookpub

ISB 979-11-989397-3-9 13800
값 19,500원

작가의 명언, 고전 명문장 필사 노트

살았다
썼다
사랑했다

김규회 엮음

끌리는책

살며, 쓰며, 사랑하며

✳ ✳ ✳

세계적인 대문호 어니스트 헤밍웨이(1899~1961)는 《노인과 바다
(The old Man and the Sea)》로 퓰리처상과 노벨문학상을 받았
다. 헤밍웨이는 "그는 멕시코 만류에서 조각배를 타고 홀로 고기
잡이하는 노인이었다(He was an old man who fished alone in
a skiff in the Gulf Stream)."라는 첫 문장을 완성하기까지 무려
200번을 고쳐 썼다고 한다.

작가들은 소구력이 강한 첫 문장을 쓰기 위해 각고의 노력을 쏟
아붓는다. 첫 문장은 독자와 대면하는 첫 장면이다. 독자들이 책
이라는 대문 앞에서 주저할 때 첫 문장은 자석처럼 힘껏 끌어당
기는 힘이 된다. 단편소설에서는 눈길을 붙잡아 단숨에 결말까
지 독파하게 하는 흥미의 동아줄로, 장편소설에서는 끊길 수도
있는 독자의 눈길을 끝까지 이어주는 감흥의 끈으로 작용한다.
첫 문장이 성공작이라면 글쓰기의 절반은 이뤄진 거나 다름없다.

명작의 첫 문장은 오래도록 음미하고 싶은 '명문'인 경우가 많다. 이 책에는 첫 문장과 함께 오랜 세월 세계 독자들의 사랑을 받은 작가의 명언, 작품 속 명문장도 다양하게 담았다.

세계 명작이 고전이라는 이름으로 남을 수 있는 이유는 시대와 국경을 초월해 많은 사람이 즐겨 읽고 사랑한 작품이기 때문이다. 책에 실린 작품들은 특별히 한국인의 마음에 스며있는 친숙한 고전들로 선정했다. 더불어 2024년 한강 작가의 노벨상 수상을 기념해 역대 노벨문학상 수상 작가의 대표작 첫 문장도 음미하며 적어볼 수 있도록 했다.

'미러링 효과(Mirroring effect)'라는 말이 있다. 좋아하는 사람, 닮고 싶은 사람을 똑같이 따라 하면서 흥미를 이끌어낸다는 뜻이다. 글쓰기도 마찬가지다. 닮고 싶은 작가의 글을 직접 내 손으로 쓰다 보면 우리는 어느새 작품의 주인공이 되고, 오감을 사로잡는 문장의 매력에 흠뻑 빠져들게 된다.

'필사(筆寫)'의 매력은 명문의 의미를 되새기는 과정을 거치면서 '나도 글을 쓰고 싶다'는 욕망이 샘솟는다는 데 있다. 이 책은 차례에 얽매일 필요가 없다. 평소 좋아하는 작가나 작품을 찾아 자유롭게 읽으면 되고, 필사도 그렇게 하면 된다.

책의 제목 《살았다 썼다 사랑했다》는 스탕달이 생전에 써놓았다고 알려진 묘비명을 따랐다. 스탕달에게는 과거형이지만, 우리에게는 현재형이다. 우리는 지금 살아있고, 쓰고 있고, 사랑할 대상이 있기에….

2025년 3월
김규회

✦ 7 ✦

차
례

✦ 9 ✦

한강

✳ ✳ ✳

"우리가 이 세계에 잠시 머무는 의미는 무엇일까요? 이 세계에서 우리가 끝끝내 인간으로 남는다는 건 얼마나 어려운 일일까요?"
_한강

....

....

....

깨어난 뒤에도 어디에선가 계속되고 있을 것 같은 꿈들이 가끔 있는데, 그 꿈이 그랬다.

《작별하지 않는다》 중

《채식주의자》

✳
첫 문장

아내가 채식을 시작하기 전까지 나는 그녀가 특별한 사람이
라고 생각한 적이 없었다.

한강(韓江, 1970~)

연세대 국문과를 졸업했다. 1993년 계간지 〈문학과사회〉 겨울호에 시 '얼음꽃' 등 네 편을 발표하고, 1994년 서울신문 신춘문예에 단편소설 〈붉은 닻〉이 당선되면서 소설가로 본격 작품 활동을 시작했다. 소설집 《여수의 사랑》《내 여자의 열매》《노랑무늬영원》, 장편소설 《검은 사슴》《채식주의자》《소년이 온다》《흰》《작별하지 않는다》, 시집 《서랍에 저녁을 넣어 두었다》 등을 출간했다. 대산문학상, 오늘의 젊은 예술가상, 동리문학상, 만해문학상, 황순원문학상, 김유정문학상 등을 수상했다. 한국 작가 최초로 인터내셔널 부커상, 말라파르테 문학상, 산클레멘테 문학상, 메디치상 외국문학상을 수상했다. 2024년 한국 작가이자 아시아 여성으로 첫 노벨문학상을 받았다.

《채식주의자》

세 편의 이야기를 담은 연작소설이다. 1편 〈채식주의자〉에서 영혜는 꿈을 꾼 후 갑자기 고기를 끊어버린다. 이 결정은 가족들의 전혀 다른 거부반응에 부딪힌다. 남편은 황당해 하다가 인내심이 한계에 다다른다. 아버지는 억지로 그녀의 입에 고기를 쑤셔넣는다. 급기야 영혜는 과도로 손목을 긋는다. 2편 〈몽고반점〉에서 비디오 아티스트인 형부는 영혜의 엉덩이에 작고 파릇한 몽고반점이 있음을 알게 된 후 묘한 흥분을 느낀다. 그는 영혜의 몸에 꽃무늬를 그려 넣고 이를 승화시키려고 한다. 형부와 처제는 온몸에 꽃을 그린 채로 극도의 쾌락 속에 뜨거운 밤을 보내고, 이를 언니가 알게 된다. 3편 〈나무 불꽃〉에서 영혜는 정신병원에 입원하고, 자신을 나무라고 믿으며 광합성으로 살아가려 한다. 영혜의 거식은 결국 생명을 앗아가기 직전에 이르렀고, 병원에서는 영혜를 결박해서 코를 통해 미음을 집어넣는 시도를 하는데 실패하고, 서울의 큰 병원으로 향한다. 언니는 구급차 안에서 동생에게 말을 건다. 영혜는 결코 대답하지 않겠다는 듯 고개를 외튼다.

《소년이 온다》
(2014)

✳
첫 문장

비가 올 것 같아.

《흰》
(2016)

✳
첫 문장

흰 것에 대해 쓰겠다고 결심한 봄에 내가 처음 한 일은 목록
을 만든 것이었다.

《작별하지 않는다》
(2021)

✳

첫 문장

성근 눈이 내리고 있었다.

톨스토이

* * *

"인생의 목적과 그것을 성취하는 방법을 깨닫는 것이 바로 지혜입니다."_톨스토이

완벽한 것만 찾다가는 절대 행복해질 수 없다.

《안나 카레니나》 중

《안나 카레니나》
(1876)

✳
첫 문장

행복한 가정은 모두 비슷하게 닮았지만, 불행한 가정은 불행
한 이유가 각각 다르다.

러시아 남부 툴라 근교의 야스나야 폴랴나에서 태어났다. 1852년 처녀작 《유년시
대》를 잡지 〈동시대인〉에 익명으로 연재하면서 작가로 첫발을 내딛었다. 군에 복무
하면서 《소년시대》(1854), 《세바스토폴 이야기》(1854~1856) 등을 집필, 청년 작가
로서의 위치를 공고히 했다. 1862년 소피아와 결혼한 후 문학에 전념, 《전쟁과 평
화》(1864~1869), 《안나 카레니나》(1873~1876) 등 대작을 완성하며 작가로서 명성
을 구가했다. 1880년 이후 《교의신학 비판》(1880), 《요약 복음서》(1881), 《참회록》
(1882), 《교회와 국가》(1882), 《고백》(1884) 등을 통해 '톨스토이즘'이라 불리는 사
상을 체계화했다. 1899년 《부활》을 완성했다. 아스타포보(현 톨스토이역)의 역장 관
사에서 생을 마감했다.

《안나 카레니나(Anna Karenina)》

톨스토이의 3대 걸작 중 하나로 1873년부터 집필하기 시작해 1876년
에 완성한 작품. 19세기 후반 역사적 과도기에 놓인 러시아 사회의 풍
속과 내면을 사실적으로 묘사했다. 등장인물이 150여 명에 이른다. 출
판 이후 영화, TV 드라마, 발레, 연극, 뮤지컬, 오페라 등 여러 분야에서
재탄생하며 호평을 받았다.
알렉세이 카레니나의 아내 안나 카레니나는 청년 장교 브론스키 백작
을 만나 사랑에 빠진다. 안나는 브론스키와 함께 유럽으로 사랑의 도
피를 계획한다. 하지만 브론스키는 안나를 부담스러워한다. 브론스키
는 분주한 중년 귀족으로 변해간다. 안나는 온갖 수단을 동원해 브론
스키를 잡으려 하지만 브론스키는 안나에게서 벗어나려 애쓴다. 브론
스키를 만나기 위해 기차를 탄 안나는 싸늘한 내용의 편지를 받는다.
그리고 다시 역의 플랫폼으로 돌아와 열차를 향해 몸을 던진다.

✳
첫 문장

집도 땅도 없는 구두 수선공 시몬이 어느 농가에 세 들어 살고 있었다. 그에게는 아내와 자식들이 있었는데, 구두를 만들거나 수선해서 버는 돈이 수입의 전부였다.

＊

수십만 명의 인간들이 한곳에 모여 자그마한 땅을 황무지로 만들려고 갖은 애를 썼어도, 그 땅에 아무것도 자라지 못하게 돌더미로 뒤덮어도 그곳에 싹트는 풀을 모두 뽑아 없앴어도, 검은 석탄과 석유로 그슬려놓았어도, 나무를 베어 쓰러뜨리고 동물과 새들을 모두 쫓아냈어도, 봄은 역시 이곳 도시에도 찾아들었다.

가와바타 야스나리

* * *

"문장의 제1조건은 간결, 평명한 것이요 어떤 미문도 이해에 방해가
된다면 비속한 졸문만도 못한 것이다."_가와바타 야스나리

당신은 좋은 여자야. 그렇다면 도대체 우리가 왜 헤어진
것인지. 도무지 이해되지 않는 그 말. 당신은 좋은 여자야.

《설국》중

《설국》
(1937)

✳

첫 문장

국경의 긴 터널을 빠져나오자, 눈의 고장이었다. 밤의 밑바닥
이 하얘졌다. 신호소에 기차가 멈춰 섰다.

가와바타 야스나리(川端康成, 1899~1972)

일본 오사카 시에서 태어났다. 대학 졸업 후 1926년 신진 작가들과 함께 동인지 〈문예시대〉를 창간, 《이즈의 무희(伊豆の踊子)》로 데뷔했다. 1937년 《설국》으로 문예간담회상을 수상했다. 1957년 일본 펜클럽 회장으로 국제펜클럽 도쿄대회를 성공시켰고, 1968년 일본인 최초로 노벨문학상을 수상했다. 이외에 괴테 메달, 프랑스 예술문화훈장, 일본 문화훈장 등을 수상했다. 1972년 4월 16일 자신의 집필실에서 스스로 생을 마감했다.

《설국(雪国)》

'설국'은 눈이 많이 오는 고장이나 나라를 일컫는 말. 1935년부터 12년 동안 집필한 작품으로, 근대 일본 서정 소설의 고전이라는 평을 받고 있다. 《설국》의 실제 무대가 니가타 현 에치고의 유자와 온천이라는 사실은 나중에 밝혀졌다.

무위도식하는 시마무라는 설국을 여행하다 게이샤(芸者) 고마코와 알게 된다. 시마무라는 서양 무용에 취미를 둬 간간이 비평 투의 글을 발표하는 정도의 일을 했다. 고마코는 춤 선생의 아들 유키오가 병에 걸렸을 때 요양비를 벌기 위해 게이샤로 왔다는 소문이 있었다. 그녀는 유키오에게 다가가지 않는다. 또 다른 여인 요코는 애인 유키오를 간병하지만 결국 유키오는 죽는다. 시마무라가 고마코와 헤어지고 돌아가려고 할 때 마을의 영화 상영 창고에서 화재가 발생한다. 그때 2층 관람석에서 요코의 몸이 아래로 떨어진다.

✳

첫 문장

길이 구불구불해져서 겨우 아마기 고개에 가까이 왔다고 생
각할 무렵, 빗발이 삼나무 숲을 하얗게 물들이며 무시무시한
빠르기로 산기슭으로부터 나를 따라왔다.

✳

첫 문장

가마쿠라 원각사 경내에 들어와서도 기쿠지는 다회(茶會)에
갈 것인지, 안 갈 것인지 망설이고 있었다.

리처드 바크

* * *

"아름다운 순간에 대한 비용을 지불하는 가장 좋은 방법은 바로 그 순간을 즐기는 것이다."_리처드 바크

나는 당신들과 다르지 않아요. 딱 하나 다른 게 있다면 내 꿈이 무엇인지, 내가 무엇을 하고 싶은지 정확하게 알아서 행동했다는 것뿐입니다.

《갈매기의 꿈》 중

《갈매기의 꿈》
(1970)

＊
첫 문장

아침, 새로운 태양이 잔물결 이는 잔잔한 바다에서 금빛으로
빛났다.

리처드 바크(Richard Bach, 1936~)

미국의 일리노이 주 오크파크에서 태어나 롱비치에서 성장기를 보냈다. 1958년부터 자유기고가로서 활약했으며, 뉴욕과 로스앤젤레스에서 비행기 잡지의 편집 일에 종사했다. 1963년 처녀작 《스트레인저 투 더 그라운드(Stranger to the Ground)》를 발표하며 소설가로 변신했다. 1966년 두 번째 작품 《바이플레인(Biplane)》을 출간했다. 《갈매기의 꿈》은 밤 바닷가를 산책하던 중 이상한 소리를 듣고 강한 영감을 받아 집필했다고 알려져 있다.

《갈매기의 꿈(Jonathan Livingston Seagull)》

신(神)의 영역에 도전한 '오만의 죄로 가득한 작품'이라는 성직자들의 거센 비난에도 불구하고 출간되자마자 세계적인 베스트셀러가 됐다. 조나단은 단지 먹이를 구하기 위해 하늘을 나는 갈매기가 아니다. 비행 그 자체를 사랑하는 갈매기다. 조나단은 진정한 자유와 자아실현을 위해 고단한 비상을 꿈꾼다. 조나단의 행동은 갈매기 사회의 오랜 관습에 저항하는 것으로 여겨졌고, 다른 갈매기들에게 따돌림을 받게 되면서 무리에서 추방당한다. 조나단은 동료들의 배척과 자신의 한계에도 좌절하지 않고 끊임없는 자기수련을 통해 완전한 비행술을 터득한다. 그리고 무한한 자유를 느낄 수 있는 초현실적인 공간으로 날아올라 꿈을 실현한다. 조나단은 자기만족에 그치지 않고 동료 갈매기들을 초월의 경지에 도달하는 길로 이끈다.

《갈매기의 꿈》

본문 중

가장 높이 나는 새가 가장 멀리 본다.

The gull sees farthest who flies highest.

✳
본문 중

우리는 이 세계에서 배운 것을 통해 다음 세계를 선택한다. 우리가 이 세계에서 아무것도 배우지 못하면 다음 세계도 이 세계와 같을 것이고, 똑같은 한계와 극복해야 할 과제가 남을 것이다.

생텍쥐페리

* * *

"사랑이란 서로 바라보는 것이 아니라, 서로 같은 방향을 보는 것이다."_생텍쥐페리

눈으로는 찾을 수 없어. 마음으로 찾아야 해.

《어린 왕자》 중

《어린 왕자》
(1943)

✳
첫 문장

내 나이 여섯 살 적에, 《자연에서의 체험담》이라는 제목의 원시림에 대한 책에서 굉장한 그림 하나를 보았다. 그것은 보아뱀 한 마리가 맹수를 삼키고 있는 그림이었다.

앙투안 드 생텍쥐페리(Antoine de Saint-Exupéry, 1900~1944)

프랑스 리옹 시의 명문 귀족 집안에서 태어나 유복한 유년 시절을 보냈다. 1919년 비행연대에 입대해 조종사 훈련을 받고, 제대 후 여러 직종을 전전하다가, 1926년부터 비행사로 우편비행노선을 비행했다. 1929년 항공우편회사의 남미항로 지배인으로 발탁돼 부에노스아이레스에 부임했지만 퇴사하고 이후 조종사와 저널리스트로 활동했다. 《야간비행》으로 페미나상을 받았다. 제2차 세계대전이 일어나자 군용기 조종사로 종군했고, 제대 후에는 미국으로 건너가 작가로서 명성을 날렸다. 일본의 진주만 공격으로 미국이 참전하게 되자 북아프리카 비행대에 복귀해 실전에 참가했다. 1944년 정찰비행 중 지중해 상공에서 실종됐다.

《어린 왕자(Le Petit Prince)》

아주 작은 별에서 살던 어린 왕자는 장미 한 그루를 돌보았지만 장미꽃과 서로 사랑하는 방법을 몰랐다. 결국 말다툼을 한 후 자기 별을 떠나 다른 별을 여행한다. 어린 왕자는 명령하기 좋아하는 임금님이 사는 별, 잘난 체하며 살아가는 허영쟁이가 사는 별, 술꾼이 사는 별, 욕심 많은 장사꾼이 사는 별, 가로등지기가 사는 별, 허황된 지리학자가 사는 별 등을 여행하면서 실망한다. 어린 왕자는 일곱 번째 여행 별로 지구를 택한다. 그곳에서 여우를 만나 서로 사랑하는 방법을 알게 된다. 어린 왕자는 그제야 자기가 길들인 장미꽃을 생각하고 그 장미꽃을 사랑하고 있는 자신을 깨닫는다. 그래서 별에 두고 온 장미꽃을 책임지기 위해 자신이 살았던 별로 돌아간다.

《남방 우편기》
(1929)

✳
첫 문장

무전: 현재 시각 6시 10분. 여기는 툴루즈. 각 기항지 공항에 알림. 프랑스발 남아메리카행 우편기, 5시 45분 툴루즈 출발. 이상.

✳
첫 문장

비행기 아래로 황금빛 석양 속에서 언덕들이 그 그림자로 밭고랑을 파 놓고 있었다. 들판은 오래도록 스러지지 않을 빛으로 환하게 밝았다.

✳
첫 문장

대지는 저 모든 책들보다 우리들에 관해 더 많은 것을 가르쳐
준다.

피츠제럴드

* * *

"나는 내 삶을 살고 싶다. 그래서 나의 밤은 후회로 가득하다."
_피츠제럴드

그 꿈을 이룬 곳, 그렇게 오른 산의 정상에서 어떤 풍경을
만나게 될지는 아무도 모른다.

《위대한 개츠비》 중

지금보다 어리고 민감하던 시절 아버지가 충고를 한마디 했
는데 아직도 그 말이 기억난다. "누군가를 비판하고 싶을 때
는 이 점을 기억해두는 게 좋을 거다. 세상의 모든 사람이 다
너처럼 유리한 입장에 있지는 않다는 것을."

미국 미네소타 주 세인트폴에서 태어났다. 프린스턴대학에 입학했으나 자퇴했다. 제1차 세계대전 때는 육군 소위로 임관했고, 제대 후 광고 회사에 취직했다가 그만둔 후 글쓰기에 전념했다. 1920년 처녀작 《낙원의 이쪽》이 큰 성공을 거뒀다. 1920년대부터 미국 동부와 프랑스를 오가며 호화로운 생활을 했고, 그 기간에 신문과 잡지 등에 많은 단편소설을 발표했다. 이 단편소설들은 《말괄량이와 철학자들》(1920)과 《벤자민 버튼의 시간은 거꾸로 간다》(1922)로 묶여 출간됐다.

《위대한 개츠비(The Great Gatsby)》(1925)

개츠비에게는 데이지라는 연인이 있었다. 개츠비가 전쟁에서 돌아왔을 때 데이지는 톰과 결혼한 상태였다. 개츠비는 톰이 부자였기 때문에 데이지가 결혼했다고 생각하고, 자신이 부자가 되면 데이지가 돌아올 거라 믿고 닥치는 대로 일해 20대 중반에 많은 재산을 모았다. 개츠비는 부자가 된 자신의 모습을 데이지에게 보이기 위해 데이지가 사는 마을에 대저택을 구입해 매일 성대한 파티를 연다. 데이지의 6촌 닉을 통해 데이지와 재회하게 된 개츠비는 데이지의 태도에서 사랑을 되찾았다고 확신한다. 데이지, 톰과 함께 뉴욕으로 간 개츠비는 그곳에서 다시 사랑을 되찾으려 했지만 지난 일은 어쩔 수 없다는 데이지의 답변을 듣는다. 다음 날 개츠비는 톰 내연녀의 남편에게 살해당한다. 개츠비의 죽음을 알게 된 닉은 곧바로 데이지에게 알리려 하지만 그녀는 이미 여행을 떠난 뒤였다.

《위대한 개츠비》

마지막 문장

그리하여 우리는 조류를 거스르는 배처럼 끊임없이 과거로
떠밀려가면서도 계속 전진하는 것이다.

카프카

* * *

"한 권의 책은 우리 안의 얼어붙은 바다를 부수는 도끼여야 한다네."_카프카

그녀의 젊은 몸을 쭉 뻗을 때 그들에게는 그것이 그들의 새로운 꿈과 좋은 계획의 확증처럼 비쳤다.

《변신》 마지막 문장

✳
첫 문장

어느 날 아침 그레고르 잠자는 불안한 꿈에서 깨어났을 때, 침대 속에서 한 마리의 커다란 해충으로 변해 있는 자신의 모습을 발견했다.

프란츠 카프카(Franz Kafka, 1883~1924)

체코 수도 프라하에서 부유한 유대계 독일인의 아들로 태어났다. 독일계 고등학교를 거쳐 프라하대학에서 법률을 공부했고, 졸업 후 법원에서 1년간 시보로 일했다. 아버지와의 불화와 동생들의 잇단 죽음을 목격하는 등 불우한 유년기를 보냈다. 성인이 되어서는 평범한 직장인 생활과 글 쓰는 일을 병행하며 지냈다. 1917년경부터 폐결핵을 앓기 시작했고, 결국 빈 교외의 한 요양원에서 41세의 젊은 나이로 생을 마감했다. 작품은 사후에 전 세계에 알려졌다. 대표작《변신》외에《어떤 싸움의 기록》《시골의 결혼 준비》《심판》《성》《실종자》《유형지에서》《시골의사》《배고픈 예술가》《판결》등이 있다.

《변신(Die Verwandlung)》(1916)

주인공 이름 '잠자'는 체코 말로 '나는 고독하다'라는 뜻이다.

그레고르 잠자는 어느 날 아침, 갑자기 해충으로 변한다. 세일즈맨이었던 그는 그날도 출장을 갈 예정이었다. 해충이 된 잠자는 겨우 가족을 만나게 되지만 가족은 그를 성가신 존재로 취급한다. 집에 하숙인을 두게 되면서부터는 잠자는 방에서 나가는 것이 금지된다. 그러던 중에 여동생이 켜는 바이올린 소리에 끌려 가족들 앞에 나타나는데, 그 추한 모습을 본 하숙인은 기겁하고 아버지는 분노한다. 잠자는 가족의 그러한 태도에 상처를 입고 자기 방으로 돌아가 살 기력을 잃고 서서히 죽어간다.

《시골의사》
(1924)

✳

첫 문장

나는 몹시 당황했다. 급히 가야 할 곳이 있었던 것이다.

《심판》
(1925)

✳
첫 문장

누군가 요제프 K에게 누명을 씌웠음이 틀림없다. 왜냐하면 어느 날 아침, 자신은 아무 잘못한 일도 없는데 체포되었기 때문이다.

✳
첫 문장

K가 도착한 때는 늦은 저녁이었다. 마을은 눈 속에 깊이 잠겨 있었다. 성이 있는 산에는 아무 것도 보이지 않았다.

카뮈

* * *

"어느 추운 겨울날, 나는 드디어 내 안에 아무도 꺾을 수 없는 여름이
있다는 것을 알았다." _ 카뮈

나는 쓰러져 있는 그 몸에 다시 네 방을 쏘았다. 그것은 마
치, 불행의 문을 두드린 네 번의 짧은 노크 소리와 같았다.

《이방인》 중

✳
첫 문장

오늘 엄마가 죽었다. 아니 어쩌면 어제인지도. 양로원으로부터 한 통의 전보를 받았다. '모친 사망, 내일 장례식. 삼가 애도함.' 그것만으로는 알 수 없었다. 아마 어제였는지도 모르겠다.

알제리 몽드비에서 이주민 가정의 둘째 아들로 태어났다. 제1차 세계대전에 참전했던 부친이 전사하자 홀어머니 슬하에서 가난한 어린 시절을 보냈다. 알제대학 철학과에 진학했으나 지병인 결핵으로 교수가 될 것을 단념하고, 졸업 후 1938년 〈알제 레퓌블리캥〉에서 신문기자 생활을 했다. 제2차 세계대전 중에는 저항운동에 참가해 레지스탕스 기관지 〈콩바〉의 주필을 맡았다. 1942년 7월 프랑스는 독일군 점령 하에 있었는데, 《이방인(異邦人)》을 발표하면서 일약 문단의 총아가 되었다. 그 후 《페스트》로 명성을 한층 더 얻었다. 1957년 노벨문학상을 받았다. 1960년 최초의 장편소설 《최초의 인간》을 집필하기 시작할 즈음, 교통사고로 세상을 떠났다.

《이방인(L'Étranger)》(1942)

카뮈가 27세에 발표한 작품. 뫼르소는 프랑스 식민지 알제리의 수도 알제에서 샐러리맨으로 산다. 뫼르소는 마랭고의 양로원에서 보낸 엄마의 죽음을 알리는 전보를 받고 양로원으로 간다. 장례식을 마치고 알제로 돌아온 뫼르소는 해수욕을 하고, 여자 친구 마리 카르도나와 희극영화를 보고 하룻밤을 함께 보낸다. 어느 날 뫼르소는 마리와 함께 같은 아파트에 사는 레몬 친구의 별장에 간다. 그곳에서 우연히 불량배의 싸움에 휘말려, 레몬을 다치게 한 아랍인을 권총으로 죽이고 만다. 뫼르소는 재판에서 마치 이방인처럼 담담하게 죄를 인정한다. 재판관이 살인 동기를 묻자, 뫼르소는 "태양이 눈부셔서"라고 답한다. 뫼르소는 사형 판결을 받지만 속죄 기도를 거부한다. 오히려 "나의 처형에 많은 사람이 모이고 나를 증오하고 규탄하는 것만이 나의 바람이다."라고 외친다.

《페스트》
(1947)

✳
첫 문장

이 연대기가 주제로 다루는 기이한 사건들은 194X년 오랑에
서 발생했다. 일반적인 의견에 따르면, 흔히 볼 수 있는 경우
에서 좀 벗어나는 사건치고는, 그것이 일어난 장소가 어울리
지 않는다는 것이었다.

《전락(轉落)》

선생님, 실례가 되지 않는다면 제가 좀 도와드릴까요?

밀란 쿤데라

* * *

"두려움의 근원은 미래에 있고, 미래에서 해방된 사람은 두려워할 것이 없다."_밀란 쿤데라

감정이란 무섭다. 원하는 감정을 얻기 위해 비상식적인 행동도 서슴없이 하게 한다. 그래서 인간을 지배하는 감정과 욕망은 항상 예의 주시해야 한다.

《참을 수 없는 존재의 가벼움》 중

✳
첫 문장

영원한 회귀란 신비로운 사상이고, 니체는 이것으로 많은 철학자를 곤경에 빠뜨렸다.

밀란 쿤데라(Milan Kundera, 1929~2023)

체코슬로바키아 브르노의 중산층 가정에서 태어났다. 아버지 루드비크 쿤데라는 체코의 유명한 피아니스트였다. 프라하 카렐대학에 진학해 문학과 미학 과정을 들었으며 프라하 공연예술대학 영화학부로 전공을 옮겨 영화연출과 시나리오를 공부했다. 1950년 정치적 간섭으로 잠시 학업과 연구 활동을 중단했다. 이때 '반공산당 활동'이라는 죄목으로 공산당에서 추방당했다. 그는 이때의 심정을 《농담》에서 풀어냈다. 체코 공산당에 많은 영향을 받았으며, 이후 입당과 탈당을 반복했다. 1958년 프라하 공연예술대학 영화학과에서 교수로 재직했다. 제2차 세계대전 후 희곡 《열쇠의 소유자》(1962), 《프타코비나》(1969), 단편 《미소를 머금게 하는 사랑이야기》(1970) 등을 발표했다. '프라하의 봄' 이후 이어지는 정부 주도의 숙청으로 모든 공직에서 해직당하고 저서들이 압수됐다. 1975년 아내 베라와 함께 프랑스로 망명해 프랑스 브르타뉴의 렌대학에서 객원 교수로 지내며 비교문학을 강의했다. 프랑스 등 제3국에서 발표된 장편소설 《삶은 다른 곳에》《이별의 왈츠》《웃음과 망각의 책》등은 큰 반향을 불러일으켰다. 1981년 희곡 《자크와 그의 주인》이 프랑스에서 출간돼 커먼웰스상을 수상했고, 프랑스 국적을 취득했다. 1984년 《참을 수 없는 존재의 가벼움》으로 세계적 작가로 인정받았다.

인간의 삶과 죽음을 가벼움과 무거움이라는 포스트모더니즘 기법으로 실험한 선구적 작품으로 평가된다. 1968년 체코슬로바키아의 '프라하의 봄'을 배경으로 하고 있다. 1988년 미국 영화감독 필립 코프먼이 동명의 영화로 제작했다.

네 명의 주인공을 통해 펼쳐지는 서로 다른 색깔의 사랑 이야기다. 삶의 무게와 획일성에서 벗어나 자유로움을 추구하는 가벼움을 끌어안은 외과의사 토마시, 진지한 삶의 자세로 운명적인 사랑을 믿는 무거움을 끌어안은 여종업원 출신 테레자, 구속받지 않는 개인주의를 신봉하는 화가 사비나, 사비나 애인인 대학교수 프란츠. 토마시는 테레자와 사비나를 동시에 사랑하면서 자신의 정체성을 찾으려고 한다. 토마시와의 만남을 운명이라고 생각하는 테레자는 고향을 떠나 그의 집에 머문다. 진지한 사랑을 부담스러워했던 토마시는 끊임없이 다른 여자들을 만나고, 질투와 미움이 뒤섞인 두 사람의 삶은 점차 무게를 더해 간다. 소련군 탱크가 프라하에 밀려들어오자, 토마시와 테레자는 스위스로 탈출한다. 테레자가 프라하로 돌아가기로 결심하자, 토마시는 공산주의자들이나 반란군의 볼모가 되고 싶지 않음에도, 결국 무거움을 받아들이고 테레자를 따라 억압의 세계로 돌아간다. 한편 토마시의 연인 사비나는 끈질기게 자신을 따라다니는 조국과 역사의 그림자에서 벗어나 자유롭게 살고 싶어한다. 프란츠는 그런 사비나의 '가벼움'에 매료된다. 테레자는 끊임없이 다른 여자를 만나는 토마시의 가치관을 이해하지 못하고 갈등한다. 한편, 자유분방하며 독립적인 삶을 영위하는 사비나는 조국 체코의 예술, 아버지, 애인 프란츠를 배신해야 하는 외로운 존재로 자신의 삶을 고수한다.

본문 중

역사란 개인의 삶만큼이나 가벼운, 참을 수 없을 정도로 가벼운, 깃털처럼 가벼운, 바람에 날리는 먼지처럼 가벼운, 내일이면 사라질 그 무엇처럼 가벼운 것이다.

✳
첫 문장

그렇게, 여러 해가 지난 후에, 나는 고향에 와 있었다. 중앙광장(어린아이로, 소년으로 그리고 청년으로 수없이 지나다녔던)에 서서 나는 아무런 감정도 느끼지 못했다.

1948년 2월, 공산당 당수 클레멘트 고트발트는 프라하의 옛 도심 광장에 모여든 수십만 군중에게 연설을 하기 위해 바로크 양식 궁전 발코니에 섰다. 보헤미아 역사의 거대한 전환점이었다. 숙명적인 순간이었다.

《무의미의 축제》
(2013)

첫 문장

6월의 어느 날, 아침 해가 구름에서 나오고 있었고, 알랭은 파리의 거리를 천천히 지나는 중이었다. 아가씨들을 자세히 보니 아주 짧은 티셔츠 차림에 바지는 모두 아슬아슬하게 골반에 걸쳐져서 배꼽이 훤히 드러나 있었다.

루이제 린저

* * *

"용기 있는 사람이란, 양심이 명령하는 바에 따라 행동하는 사람이다."_루이제 린저

처음으로 나는 슬픔도 재산인 것을 깨달았다.

《생의 한가운데》 중

《생의 한가운데》
(1950)

✳
첫 문장

자매들은 서로에 대해 모든 것을 알고 있든지 혹은 아무것도 모르고 있든지 둘 중 하나다. 나의 동생 니나에 대해 나는 얼마 전까지 아무것도 모르고 있었다.

루이제 린저(Luise Rinser, 1911~ 2002)

독일 바이에른 주 피츨링에서 태어났다. 뮌헨대학에서 교육학과 심리학을 전공했고 대학졸업 후 1935년부터 고향에서 초등학교 교사로 일했다. 1940년 처녀작이자 출세작인 《파문》을 완성했다. 1944년 남편이 러시아 전선에서 전사했고, 히틀러 정권에 반발했다는 이유로 출판금지를 당한 뒤 반역 죄목으로 사형 선고를 받고, 종전까지 옥살이를 했다. 1950년 발표한 《생의 한가운데》로 슈켈레 문학상을 수상했다. 1957년 《생의 한가운데》 속편인 《덕성의 모험》을 발표했다. 80세에 달라이 라마를 만나기 위해 히말라야를 방문해 화제가 되기도 했다. 1984년 녹색당 후보로 대통령 선거에 출마했으나 낙선했다. 1979년 바트 그란더하임 시의 문학상인 로즈비타 기념메달, 1987년 구동독 학술원의 하인리히만 문학상, 1988년 엘리자베스랑게서 문학상 등을 받았다.

《생의 한가운데(Mitte Des Lebens)》(1950)

루이제 린저의 자전적 색채가 짙은 소설이다. 니나 붓슈만이라는 여성의 삶을 통해 사랑의 본질적 의미를 탐구했다. 속편 《덕성의 모험》을 발표, 폭발적인 인기를 누렸던 '니나 소설'을 완성했다.
암에 걸려 죽음을 앞둔 대학교수이자 의사인 슈타인은 니나보다 20년 연상이다. 슈타인은 니나에게 마지막 편지와 일기장을 보낸다. 일기장은 그가 니나를 처음 만났을 때부터 써온 기록으로, 니나가 어린 소녀일 때부터 18년 동안의 기록이다. 그 속에 니나의 변모와 솔직한 고백이 고스란히 담겨있다. 슈타인은 니나를 너무나 사랑하지만, 니나가 자기 친구인 알렉산더와 결혼하고, 아이를 낳는 것을 지켜보아야 했다. 나치즘과 싸우다 투옥되기도 했으며, 자살하려는 니나를 살려내기도 했다. 니나는 반란 방조죄로 15년 형을 선고받고 투옥된다. 1년 후 전쟁이 끝나자 니나는 석방됐고 슈타인을 찾아나선다. 슈타인은 자신을 찾아온 니나를 보며 죽음 앞에서 참다운 삶에 대해 자각한다.

《파문》
(1940)(국내에서는《잔잔한 가슴에 파문이 일 때》로 출간됨)

첫 문장

나는 조용하고 조그마한 도시에서 소녀 시절을 보냈다. 그 소녀 시절로 말하자면 내가 살던 그 도시보다도 더 조용했었다.

알퐁스 도데

* * *

"어려운 건 사랑하는 기술이 아니라 사랑받는 기술이다."
_ 알퐁스 도데

저 많은 별 가운데 가장 아름답고 가장 찬란한 별 하나가
길을 잃고 내 어깨에 기대어 잠들어 있구나.

《별》 중

《별》

✳

첫 문장

뤼브롱 산에서 양치기를 하던 때였다. 몇 주일씩 마을 사람들과 떨어져 사냥개 라브리와 함께 양떼를 돌보며 홀로 목초지에서 지내고 있었다.

프랑스 남동부 지역 프로방스 지방의 님스에서 태어났다. 리옹의 고등중학교에 들어갔으나, 가업이 파산해 중퇴하고, 알레스 지역의 중학교 사환으로 일하면서 청소년 시절을 보냈다. 시집 《사랑하는 연인들》(1858)을 발표하면서 문단에 데뷔했다. 이후 〈르 피가로〉지의 기자로 발탁됐고, 입법의회 의장 비서로 일했다. 첫 단편소설집 《풍차방앗간 편지》(1869)가 호평을 받으며 소설가로 이름을 알렸다. 1873년 《마지막 수업》 등 41편이 수록된 두 번째 단편집 《월요 이야기(Les Contes du lundi)》를 발표했다.

알퐁스 도데의 소설집 《풍차방앗간 편지(Lettres de mon Moulin)》에 수록돼 있다. 대표 단편들을 모은 것으로 원래 19편이었으나, 이후 1879년 개정판 때 24편으로 늘어났다.

'나'는 마을에서 멀리 떨어진 뤼브롱 산의 목초지에서 양떼를 돌보는 양치기 소년이다. 몇 주일씩 양떼와 사냥개만 상대하며 혼자 지내는 '나'는 보름에 한 번씩 양식을 가져다주는 농장 식구들에게 마을 소식을 전해 듣는 것이 가장 큰 즐거움이다. 그중 주인집 딸 스테파네트에 대한 소식이 가장 큰 관심사다. 어느 날 그녀가 양식을 싣고 목장에 나타났다. 공교롭게 그날은 점심 때 내린 소나기로 강물이 불어나 그녀는 마을로 돌아갈 수 없게 된다. '나'는 무수한 별들이 빛나는 밤하늘을 바라보며 그녀에게 별과 관련된 아름다운 이야기를 들려준다. 이야기를 듣고 있던 그녀는 내 어깨에 머리를 기댄 채 잠이 들고, '나'는 그녀를 지켜보며 밤을 지새운다.

《상기네르의 등대》
(1869)

첫 문장

간밤에는 잠을 잘 수가 없었습니다. 북풍이 사납게 소란을 피
우는 소리에 나는 아침까지 뜬눈으로 지샜습니다.

《마지막 수업》
(1871)

첫 문장

그날 아침, 나는 학교에 굉장히 늦고 말았다. 게다가 아멜 선생님이 말 익히기에 대해 질문하겠다고 했는데, 전혀 공부를 하지 않아 꾸중 들을 일이 몹시 두려웠다.

가오싱젠

* * *

"당신이 뭔가 하길 원하면 타협과 양보 없이 지금 바로 하라. 한 번 밖에 사는 인생 아닌가?"_가오싱젠

나는 여행을 하고 있다. 삶은 좋건 싫건 하나의 여행이다. 나는 여행 중에 내 상상세계 속에 침잠해 나의 그림자인 당신과 함께 나의 내면을 여행하고 있다.

《영혼의 산》 중

✳
첫 문장

당신은 장거리 운행 버스를 탔다. 도시용으로 개조된 낡은 버스는 제대로 관리를 못해 울퉁불퉁한 산길을 아침부터 연속 열두 시간을 덜컹거리며 달린 후에야 남부의 이 조그만 마을에 도착했다.

가오싱젠(高行健, 1940~)

중국 장시성 간저우에서 태어났다. 1970년 문화대혁명(1966~1976) 기간 당국에서 하방(下放, 지방으로 내려보냄)되어 안후이현에서 중학교 교사 생활을 했다. 문화대혁명이 끝난 후 잡지사, 중국작가협회 등에서 활동하며 1978년 첫 소설을 출간했다. 동양의 전통 사상과 정서를 현대 부조리극으로 형상화한 희곡 《버스 정류장》 때문에 고초를 겪었다. 1987년 중국을 떠나 1년 뒤 정치적 망명객으로 파리에 정착해 프랑스 시민권을 얻었다. 중국은 그를 반체제 인사로 규정하고 그의 모든 작품을 금서로 규정했다. 2000년에 중국인 최초로 노벨문학상을 수상했다.

《영혼의 산(靈山)》

원제는 《영산(靈山)》. 현실에서는 찾을 수 없는 영혼의 산을 말한다. 1982년 중국에서 쓰기 시작해 프랑스로 망명해 파리에서 완성하기까지 7년 걸렸다. 81장으로 구성된 기행문 형식이다. 1장부터 31장까지에서 홀수 장은 '당신'으로 시작하는 상상 여행기이고, 짝수 장은 '나'로 시작하는 실제 여행기다. 32장부터는 반대로 홀수 장이 '나'로 시작하는 실제 여행기이고, 짝수 장은 '당신'으로 시작하는 상상 여행기다. 작품에서 '당신'은 곧 '나'의 다른 분신이다.

여행을 떠난 '당신'은 기차 안에서 우연히 누군가 '영산', '영혼의 산'이라 부르는 곳에 대해 이야기하는 것을 들었다. '영산'은 '당신'의 목적지가 된다. 80장에 이르러 '당신'은 하얀 눈으로 뒤덮인 빙산에 이른다. '나'는 양자강을 따라 거닐며 진리를 찾는다. '나'는 기나긴 여행 중에 사회의 많은 부조리한 현상을 목격하면서 자신이 원하는 창작의 자유와 인격의 독립을 위해서는 도망을 가야 한다고 결심한다. 81장에서 '나'는 창문 밖 쌓인 눈 위에 앉아 있는 개구리를 보게 된다. '나'는 그 개구리가 신이라고 이해한다. 이 순간 자신이 천국 같은 땅덩어리 위에 있다고 느낀다.

《버스 정류장》
(1983)

✳
첫 문장

무대 중앙엔 버스 정류장 팻말 하나가 세워져 있다. 정류장
팻말은 오랫동안 비바람에 지워져 글자가 잘 보이지 않는다.

《나 혼자만의 성경》
(1999)

✳
첫 문장

전혀 다른 생활이 있었음을 그가 기억 못하는 바는 아니다.

나쓰메 소세키

* * *

"사람은 논리로 움직이는 게 아니라 좋고 싫은 감정으로 움직이는 법이다."_나쓰메 소세키

무사태평으로 보이는 사람들도 마음속 깊은 곳을 두드려 보면 어딘가 슬픈 소리가 난다.

《나는 고양이로소이다》 중

《나는 고양이로소이다》
(1907)

첫 문장

나는 고양이다. 이름은 아직 없다. 어디서 태어났는지 도무지
짐작이 가지 않는다.

나쓰메 소세키(夏目漱石, 1867~1916)

본명 긴노스케(金之助). 도쿄에서 태어나 도쿄대학 영문과를 졸업했다. 중학교 교사와 교수 생활을 거쳐, 1900년 문부성 장학생으로 선발되어 2년간 영국 런던에서 유학했고, 귀국 후 도쿄대학 강단에 섰다. 1905년 〈호토토기스〉에 《나는 고양이로소이다》를 발표했다. 1907년 교직을 사임하고, 아사히신문사에 입사해 《우미인초(虞美人草)》를 연재하고 《도련님》《풀베개》(1906) 등을 발표했다. 신경쇠약과 위궤양 등 지병을 앓다가 《명암》을 집필하던 중 세상을 떠났다.

《나는 고양이로소이다(吾輩は猫である)》

1905년 1월부터 1906년 8월까지 잡지 〈호토토기스〉에 연재한 작품. 1905년 10월부터 1907년 8월까지 전3권(상·중·하)으로 간행했다. 고양이의 눈을 빌려 메이지 시대의 자칭 교양 있는 신사들의 위선적인 언동과 시대 상황을 날카롭게 풍자했다.

태어난 지 얼마 되지 않아 버려진 '나(고양이)'는 간신히 어느 집에 정착하게 된다. 주인 친노 쿠샤미는 중학교 영어교사다. 그녀는 친구들과 지적인 수다를 떨며 시간을 보내고 있다. 나는 그들을 '태평시대의 일민'이라고 단정한다. 한편 근처에는 부자 실업가인 카네다가 살고 있는데, 쿠샤미는 그와 사이가 나쁘다. '나'는 그들의 대립, '일민'들의 수다, 카네다의 딸 토미코와 쿠샤미의 옛 제자 캉게츠의 연애, 인간들의 기묘함 등을 관찰한다. 등장인물 하나하나의 말로를 동정한 '나'는 세상사의 허무함을 통감하고 냉정한 관찰자의 역할을 포기한다. '나'는 인간들이 남긴 맥주를 마신 후 마당에 나간다. 술에 취해 물독에 빠진 '나'는 염불과 함께 죽어간다.

✳
첫 문장

부모님께 물려받은 막무가내 성격 탓에 나는 항상 손해만 본
다. 초등학교 때는 학교 2층에서 뛰어내려 일주일 정도 허리
를 못 쓴 적이 있다.

《갱부》
(1908)

＊
첫 문장

조금 전부터 솔밭을 지나고 있는데, 솔밭은 그림에서 본 것보다 훨씬 길다. 가도가도 소나무뿐이라 도무지 요령부득이다.

《산시로》
(1908)

✳
첫 문장

꾸벅꾸벅 졸다가 눈을 떠보니 여자는 어느새 옆자리의 노인
과 이야기를 나누고 있다.

베르나르 베르베르

* * *

"실패한 인생은 자기 자신이 아닌 다른 사람만 만족시키다 끝나는 삶이다."_베르나르 베르베르

행복의 비결은 현재의 순간을 즐기는 것. 지금 자기 앞에 있는 일에 몰두하는 것. 땅 위를 걷는 것.

《개미》 중

✳
첫 문장

"아시게 되겠지만, 그건 당신이 기대하는 것이 전혀 아닐게 요." 공증인은 그 가옥이 역사적인 기념물로 지정되어 있고 르네상스 시대에 늙은 현인들이 거기에 살았으며 그 현인들 의 이름은 이제 생각이 나지 않는다고 설명했다.

프랑스 미디피레네 주 툴루즈에서 태어났다. 1979년 툴루즈 제1대학에 입학해 법학을 전공하고, 국립 언론학교에서 저널리즘을 공부했다. 대학 졸업 후에는 주간지 〈르 누벨 옵세르바퇴르〉에서 저널리스트로 활동하며 과학 잡지에 개미에 관한 평론들을 발표했다.

《개미(Les Fourmis)》

인간 세계와 개미 세계가 함께 전개되는 과학 미스테리 소설로, 전체 3부로 구성돼 있다.

1부: 조나탕 웰즈는 곤충학자였던 삼촌 에드몽 웰즈의 집을 상속받고 가족과 함께 그 집에서 살고 있다. 조나탕은 지하실에 들어가 삼촌이 개미에 관해 남긴 혁명적인 업적을 발견한다. 하지만 어느 날 조나탕이 사라지고, 그를 찾으려던 사람들도 사라진다. 2부: 에르몽 웰즈가 의문의 죽음을 당한 뒤 그가 남긴 저서 《상대적이며 절대적인 지식의 백과사전》을 둘러싼 사건들이 전개된다. 3부: 아버지 가스통 팽송과 함께 퐁텐블로 숲에 산보를 나갔던 쥘리는 바위 아래로 추락하는 사고를 겪고 에드몽 웰즈의 《상대적이며 절대적인 지식의 백과사전》 제3권을 발견한다. 쥘리가 사고를 당한 곳을 조사하러 갔던 팽송은 숲 속에 은밀히 감추어진 피라미드 모양의 구조물 근처에서 살해당하고, 막시밀리앙 경정은 살해 사건과 피라미드와의 연관 여부를 수사한다. '손가락 혁명'을 주도하는 여왕개미의 새로운 혁명이념으로 무장한 개미들은 인간과 상호 협력 협정을 맺기 위해 퐁텐블로 숲의 피라미드로 가지만, 경찰이 뿌린 살충제에 죽임을 당한다. 1년 후 쥘리는 다시 백과사전을 가져다 놓는다.

《뇌》
(2001)

✳
첫 문장

우리는 무엇에 이끌려 행동하는가?

《나무》
(2002)

✳
첫 문장

"이봐요, 일어나야 돼요. 기상 시간이에요." 뤽은 뭐라고 투덜거리며 뒹굴뒹굴하다가 베개들 사이로 머리를 깊숙이 파묻었다.

《제3인류》
(2012)

✳
첫 문장

인간은 진화할 수 있을까? 때로는 그들이 나를 불안하게 한
다.

무라카미 하루키

✳ ✳ ✳

"돈으로 살 수 있는 것들에 돈을 쓰고, 돈으로 살 수 없는 것들에 시간을 써라."_무라카미 하루키

마치 온 세계의 가랑비가 온 세계의 잔디밭에 내리고 있는 듯한 침묵이 계속되었다.

《노르웨이의 숲》 중

《노르웨이의 숲》
(1987)

＊
첫 문장

나는 서른일곱 살이었던 그때 보잉 747기의 좌석에 앉아 있
었다. 그 거대한 비행기는 두꺼운 비구름을 뚫고 함부르크 공
항에 막 착륙하고 있었다.

무라카미 하루키(村上春樹, 1949~)

일본 교토 시에서 태어났다. 1975년 와세다대학 제1문학부 연극과를 졸업했다. 1979년 《바람의 노래를 들어라》로 군조 신인문학상을 수상하며 문단에 데뷔했다. 1982년 첫 장편소설 《양을 둘러싼 모험》으로 노마 문예신인상, 1985년 《세계의 끝과 하드보일드 원더랜드》로 다니자키 준이치로상을 수상했다. 《노르웨이의 숲》은 일본에서만 약 430만 부가 팔리며 세계적으로 '하루키 신드롬'을 일으켰다. 1994년 《태엽 감는 새》로 요미우리 문학상을 수상했고, 2005년 《해변의 카프카》가 〈뉴욕타임스〉 '올해의 책'에 선정됐다. 2006년 체코의 크란츠 카프카상, 2009년 이스라엘 최고의 문학상인 예루살렘상, 2011년 카탈로니아 국제상 등을 수상했다.

《노르웨이의 숲(ノルウェイの森)》

상하 2권으로 발표한 청춘 연애소설.

와타나베 토오루는 친구 기즈키가 죽자 바깥세상과 담을 쌓는다. 기즈키에겐 나오코란 여자 친구가 있었는데 토오루는 기즈키를 통해 나오코를 만난다. 나오코는 기즈키가 죽은 후 토오루를 통해 바깥세상을 향해 마음을 열려고 한다. 하지만 토오루는 외면한다. 토오루는 자신과 닮은 나가사와 선배와의 관계를 통해 자신을 지탱해나간다. 이즈음 토오루는 미도리를 만나 바깥세상과의 연결을 시도하고, 토오루와 하룻밤을 지낸 나오코는 '아미료'라는 요양원에 간다. 토오루는 아미료에서 나오코의 룸메이트인 레이코를 만나고, 레이코는 토오루와 나오코를 연결시켜주는 존재가 된다. 나오코는 목을 매 자살하고, 레이코는 토오루와 정사를 나눈다. 미도리를 사랑하게 된 토오루는 그녀를 통해 바깥세상으로 나오지만 혼란스러워한다.

《태엽 감는 새》
(1994)

✳

첫 문장

부엌에서 스파게티를 삶고 있을 때 전화가 걸려왔다.

＊
첫 문장

택시 라디오에서는 FM방송의 클래식 음악이 흘러나오고 있었다.

대학교 2학년 7월부터 다음 해 1월에 걸쳐 다자키 쓰쿠루는 거의 죽음만을 생각하며 살았다.

미하엘 엔데

* * *

"빛을 보기 위해 눈이 있고 소리를 듣기 위해 귀가 있듯, 시간을 느끼기 위해 가슴이 있다."_미하엘 엔데

너무 심각하게 생각하지 마. 내일이면 모든 게 아주 달라 보일 거야.

《모모》 중

✳
첫 문장

사람들이 아주 다른 말을 쓰던 옛날 옛날 아주 먼 옛날, 어느 따뜻한 나라에 크고 화려한 도시가 있었다.

독일 남부 알프스 산 아래 가르미슈-파르텐키르헨에서 화가 부부의 외아들로 태어났다. 제2차 세계대전 즈음, 가족과 함께 나치의 눈을 피해 도주했다. 전쟁이 끝난 후 뮌헨의 연극학교를 졸업하고 연극배우, 연극평론가, 연극기획자로 활동했다. 1960년 첫 작품 《짐크노프와 기관사 루카스》로 독일 청소년 문학상을 수상하면서 작가의 길을 걸었다. 1973년 《모모》를, 1979년 청소년 소설 《끝없는 이야기》를 발표하면서 세계 문학계에 미하엘 엔데라는 이름을 확실하게 각인시켰다.

《모모(Momo)》

1973년 독일 청소년 문학상 수상 작품. 마을 사람들은 원형극장 옛터에서 어디서 왔는지 모르는 소녀 모모를 발견하고 그녀에게 삶의 터전을 마련해준다. 모모는 남의 이야기를 잘 들어주는 특별한 능력을 지녔다. 마을 사람들은 모모에게 자신의 얘기를 털어놓으며 용기를 얻고 기쁨과 신념을 얻었다. 아이들이 모모 앞에서 자신의 상상을 얘기하면 그들 앞에 상상의 세계가 펼쳐졌다. 도시의 회색일당들은 시간 절약을 마을 사람들에게 일러주는 시간의 저축은행 사원들이었다. 서서히 이들의 지배하에 들어간 사람들은 모모를 찾아올 시간이 없어졌다. 모모는 옛 친구들을 찾아나섰고 회색일당의 방해물이 된다. 회색일당의 영향에 들어가지 않는 사람들은 모모, 베포, 기기를 찾아 원형극장으로 올라오는 아이들이었다. 모모가 회색일당의 수배인물로 위험해지자 호라 박사는 모모를 데려오기 위해 거북이 카시오페아를 보냈다. 거북이의 안내로 시간의 원천을 경험한 모모가 하루 만에 다시 옛터로 돌아왔다. 현실의 시간은 1년이 지났고 그동안 모든 친구들은 이미 회색일당과 관련을 맺고 그들의 원칙에 따라 살아가고 있었다.

《자유의 감옥》
(1992)

첫 문장

시릴은 이미 여덟 살에 유럽 대륙과 근동의 이름 난 호텔에는 거의 다 가보았다. 그렇다고 한 걸음 더 나아가, 그만큼 세상을 알게 되었다는 뜻은 아니다.

《끝없는 이야기》
(1979)

✳
첫 문장

店사도

주인 : 톱 토롱그 코라인거

이런 글자가 어느 작은 상점의 유리문에 쓰여 있었다. 물론 어두침침한 상점 안쪽에서 유리를 통해 거리를 내다볼 때만 이렇게 보인다.

제인 오스틴

* * *

"오만은 다른 사람이 나를 사랑할 수 없게 하고, 편견은 내가 다른 사람을 사랑하지 못하게 한다."(영화 〈오만과 편견〉 중)

_____

_____

상대방의 성격을 서로 잘 알고 있다고 하더라도, 그것이 두 사람의 행복을 향상시키는 것은 아니야. 성격이란 계속 변해가기 마련이니까 서로가 살면서 맞춰나가야 해.

《오만과 편견》 중

첫 문장

재산깨나 있는 독신 남성에게 아내가 꼭 필요하다는 것은 누
구나 인정하는 진리다.

제인 오스틴(Jane Austen, 1775~1817)

영국 햄프셔 주 스티븐턴에서 태어났다. 1785년 버크셔 주의 레딩 여자 기숙학교에 진학했고, 1789년부터 작품을 쓰기 시작했다. 1809년 34세 때 초턴에 정착해 소설 창작에 몰두했다. 주요 작품으로 《이성과 감성》《오만과 편견》《맨스필드 공원》《에마》 등이 있다. 《설득》을 탈고한 1816년경부터 건강이 나빠져 이듬해 윈체스터에서 세상을 떠났다.

《오만과 편견(Pride and Prejudice)》(1813)

오스틴의 두 번째 작품. 18세기 영국 중산층 계급의 사랑과 결혼을 다룬 소설이다.

하트포드셔의 작은 마을에 사는 베넷가 다섯 자매 중 첫째와 둘째가 결혼 적령기가 됐다. 맏딸 제인은 온순하고 마음이 착하며 내성적인 반면, 둘째 엘리자베스는 인습에 얽매이지 않고 재치 넘치며 발랄했다. 제인은 근처에 이사 온 청년 빙리를 사랑하지만, 자신의 애정을 숨긴다. 엘리자베스는 빙리의 친구 다아시를 보고 오만한 남자라는 인상을 받는데, 다아시는 자유롭고 활달한 엘리자베스를 사랑하게 된다. 여러 가지 사건과 집안 문제에 부딪히면서 엘리자베스는 다아시가 너그럽고 사려 깊은 인물임을 알게 되고 자신의 편견을 고치기로 결심한다. 다아시와 엘리자베스는 서로 이해와 사랑의 감정을 갖게 된다.

✳
첫 문장

대시우드 가문은 오랫동안 서식스 지방에 터를 잡고 살아왔
다. 그들은 넓은 땅을 가졌고, 소유지 한가운데 큰 정원이 있
었으며, 여러 대에 걸쳐 주변 사람들에게 좋은 평을 받았다.

✳
첫 문장

미인이고 총명하고 부유하고 거기에다 안락한 가정에 낙천적인 성격까지 갖춘 에마 우드하우스는 인생의 여러 복을 한 몸에 타고난 듯했고, 실제로 나와 스물한 해 가까이 살도록 걱정거리랄 것이 거의 없었다.

파울로 코엘료

* * *

"아이는 어른에게 세 가지를 가르칠 수 있습니다. 이유 없이 행복하기, 항상 무언가로 바쁘기, 원하는 것을 온 힘 다해 요구할 줄 아는 것."_파울로 코엘로

인생은 짧다. 느리게 입맞춤하고 미친 듯이 웃고 진실로 사랑하고 빨리 용서하라.

《연금술사》 중

《연금술사》
(1988)

✳
첫 문장

양치기 산티아고가 양떼를 데리고 버려진 낡은 교회 앞에 다다랐을 때는 날이 저물고 있었다.

브라질 리우데자네이루에서 태어났다. 1970년 대학을 중퇴하고 남아메리카와 멕시코, 북아프리카, 유럽 등을 여행했다. 1972년 대중음악 가사를 쓰기 시작했는데, 그 가운데 몇 곡은 브라질의 유명한 가수들이 불러 큰 인기를 얻었다. 1974년 정부를 전복시키려는 활동에 가담했다는 혐의로 투옥되기도 했다. 1986년 옛 에스파냐인들의 순례길인 '산티아고의 길'을 따라 걷고, 이 순례여행 경험을 토대로 1987년 《순례자》를 출간하면서 문학의 길로 들어섰다. 프랑스의 레지옹 도뇌르 훈장, 유고슬라비아의 골든 북, 독일의 골든 펜 등을 수상했다.

《연금술사(The Alchemist)》(1988)

파울로 코엘료를 세계적인 베스트셀러 작가로 만들어준 소설.
스페인의 양치기 청년 산티아고는 이집트의 피라미드 아래 숨겨진 보물 꿈을 꾼다. 그 꿈이 일종의 예언이라 믿고 그 예언을 실현하기 위해 긴 여행길에 오른다. 여정의 출발점에서 집시 여인과 늙은 왕을 만나는데 그들은 무조건 꿈을 좇으라며 독려한다. 긴 모험 과정에서 현실에 안주하고 싶은 유혹에 끌리기도 하고, 무작정 꿈을 좇는 자신의 결정에 의문을 품기도 한다. 그러나 보물을 계속 좇아가라는 연금술사의 충고를 따라 마침내 자신의 보물을 찾게 된다. 산티아고가 진정으로 찾은 것은 금은보화가 아니다. 산티아고는 우주의 좋은 기운을 키우는 건 바로 자신이며, 우리가 살아가는 이 세상도 나의 모습에 따라 더 좋아지거나 더 나빠질 뿐이라는 것을 확인한다.

"람의 신성한 얼굴 앞에서 그대의 손으로 생명의 말씀을 만짐으로써, 그 강력한 힘을 받아 세상 끝닿는 데까지 그의 증인이 되도록 하시오!"

✳

첫 문장

매일 아침, 소위 '새날'이 밝아 눈을 뜰 때면, 나는 침대에 누운 채 다시 눈을 감고 싶어진다. 일어나고 싶지 않다. 하지만 그럴 순 없다.

샐린저

* * *

"인생은 시합이지. 맞아. 인생이란 규칙에 따라야 하는 운동경기와 같단다."_샐린저

그건 완전히 그의 잘못만은 아니다. 일부 저렇게 열렬히 환호를 보내고 있는 멍청이들의 책임도 큰 것이다.

《호밀밭의 파수꾼》 중

《호밀밭의 파수꾼》
(1951)

첫 문장

정말 이야기를 듣고 싶다면, 아마도 가장 먼저 내가 어디에서 태어났는지, 끔찍했던 어린 시절이 어땠는지, 우리 부모님이 무슨 직업을 가지고 있는지, 내가 태어나기 전에 무슨 일들이 있었는지와 같은 데이비드 코퍼필드*식의 아무 짝에도 쓸모 없는 이야기들에 대해서 알고 싶을 것이다. 하지만 사실, 난 그런 이야기들을 하고 싶지가 않다.

---

* 찰스 디킨스의 동명 소설 《데이비드 코퍼필드》에 나오는 인물로, 아주 가난한 고아.

미국 뉴욕에서 태어났다. 펜실베이니아의 밸리 포지 육군사관학교를 졸업했고, 뉴욕대학을 중퇴한 뒤 어시너스 칼리지와 컬럼비아대학에서 문예창작 수업을 받았다. 1940년 〈휘트 버넷 단편〉지에 단편소설 《젊은이들》이 실리면서 등단했고, 1948년 〈뉴요커〉지에 실린 단편소설 《바나나피시를 위한 완벽한 날》로 주목받기 시작했다. 1951년 발표한 《호밀밭의 파수꾼》으로 명성을 얻었다.

《호밀밭의 파수꾼(The Catcher in the Rye)》

작가의 체험을 소재로 쓴 성장소설.

16살 홀든 콜필드는 공부에 대한 의욕을 상실해 네 번째 다니던 고등학교에서 성적 불량으로 퇴학당한다. 퇴학을 알리는 교장의 편지가 홀든의 부모에게 도착하려면 화요일쯤 돼야 한다. 홀든은 집으로 돌아갈 용기가 나지 않아 밤기차를 타고 뉴욕으로 향한다. 홀든은 뉴욕의 뒷골목을 떠돌며 오염된 현실세계와 직면하게 되고 큰 상실감을 맛본다. 첫날밤은 나이트 클럽에서 어른 흉내를 내며 여자를 꾀어 보기도 하지만 실패한다. 호텔에서 여자를 사귀게 되지만 그녀와는 별로 내키지 않은데다 유객꾼에게 맞기까지 한다. 다음날 여자친구 살리와 데이트를 하면서 도망가자는 말을 꺼내지만 상대해주지 않아 결국 싸우고 헤어진다. 그날 밤 혼자서 술을 마신다. 기성세대의 위선과 비열함에 절망한 홀든은 어린아이들에게 애정을 갖게 되고, 호밀밭에서 뛰어노는 아이들의 안전을 지켜주는 파수꾼이 되고 싶어한다. 홀든은 여동생 피비 덕분에 집으로 돌아오지만 여동생도 함께 가출하겠다고 한다. 하지만 오누이는 가출을 단념하고 회전목마를 타러 간다.

《호밀밭의 파수꾼》

✳
본문 중

그럴 때 어딘가에서 내가 나타나서는 꼬마가 떨어지지 않도록 붙잡아주는 거지. 온종일 그 일만 하는 거야. 말하자면 호밀밭의 파수꾼이 되고 싶다고나 할까.

어떤 것들은 계속 그 자리에 두어야만 한다. 저렇게 유리 진열장 속에 가만히 넣어두어야만 한다. 불가능한 일이라는 걸 잘 알고는 있지만, 그것이 불가능하다는 사실이 너무나도 안타깝다.

《호밀밭의 파수꾼》

본문 중

'멋지다!'라니. 내가 정말로 싫어하는 말이다. 너무 가식적으로 들리지 않는가.

솔제니친

＊ ＊ ＊

"많은 사람이 꿈꾸고 바라는 이념은 아름다워 보이지만 그 이념이 만든 역사는 늘 폭력적이고 고통스럽다."_솔제니친

이 한 그릇의 양배춧국이 지금의 그들에겐 자유보다, 지금까지의 전 생애보다, 아니 앞으로의 모든 삶보다도 더 소중하게 느껴지는 것이다.

《이반 데니소비치의 하루》 중

《이반 데니소비치의 하루》
(1962)

✳
첫 문장

여느 때처럼 아침 다섯 시가 되자, 기상을 알리는 신호 소리
가 들려온다. 본부 건물에 있는 레일을 망치로 두드리는 소리
다.

러시아 캅카스의 키슬로보츠크 시에서 태어났다. 로스토프대학에서 물리·수학을 전공했고, 제2차 세계대전에 포병 장교로 참전했다. 1945년 사적인 편지에서 스탈린을 비방했다는 이유로 체포돼 8년간 강제노동수용소에 수감됐다. 이후 3년간 더 강제추방당했다. 1956년 '반 스탈린 운동'의 여파로 체포된 지 11년 만에 석방되고 1957년 시민으로서 명예가 회복됐다. 《이반 데니소비치의 하루》를 발표하면서 세계적인 작가가 됐다. 강제노동수용소의 내막을 폭로한 《수용소 군도》의 국외 출판을 계기로, 1974년 2월 강제 추방을 당해 미국 버몬트 주 카벤디 시에서 살다가 소련연방 붕괴 후인 1994년, 20년간의 망명생활을 청산하고 러시아 시민권을 회복했다. 1970년 《이반 데니소비치의 하루》《암 병동》 등의 작품으로 노벨문학상을 수상했지만 시상식에는 참석하지 못했다.

《이반 데니소비치의 하루(Один день Ивана Денисовича)》

소련의 문예지 〈노브이 미르(Novyi Mir)〉 1962년 11월호에 발표된 중편소설. '이반 데니소비치-1951년 스탈린 강제노동수용소로 보내진 한 수감자'의 하루를 그렸다.

이반 데니소비치 슈호프는 서민 출신으로 생활력이 왕성한 인물. 이반은 침대에서 나오지 않는다는 이유로 3일 동안 독방에 수감되는 벌을 받는다. 시간이 흐르면서 노동자들의 고통과 동료애 그리고 수감자들과 간수들 사이의 불편한 공존에 눈뜨게 된다. 하루가 저물자, 이반은 다른 수감자에게 약간의 음식을 더 받는 행운을 누리고, 오늘 하루도 무사히 지나갔음에 감사한다. 이 날은 이반이 강제수용소에서 보낸 3653일 중 하루에 불과했다.

✳
첫 문장

암 병동에는 '제13'이라는 번호가 달려 있었다. 파벨 니콜라 예비치 루사노프는 지금껏 미신을 믿어본 적이 없고, 앞으로도 믿을 생각이 없지만 자신의 입원 서류에 '제13병동'이라고 쓰여 있는 것을 보자 가슴이 철렁했다.

《수용소 군도》
(1973)

✳
첫 문장

사람들은 도대체 이 신비로운 〈군도(群島)〉에 어떻게 오게
되는가? 매시간 그곳으로 비행기가 날고, 배가 항해하고, 기
차가 덜컹거리며 다니지만 어느 하나의 표지판도 그곳으로
가는 행선지를 가리키지 않고 있다.

사라마구

* * *

"외눈박이든 영민한 자든, 우리를 통치하는 사람은 항상 있는 법이다."_사라마구

모두가 눈이 멀게 된 것보다 더 두려운 건, 오직 나만이 볼 수 있다는 사실이다.

《눈먼 자들의 도시》 중

노란 불이 들어왔다. 차 두 대가 빨간 불에 걸리지 않으려고
가속으로 내달았다.

주제 사라마구(Jose Saramago, 1922~2010)

포르투갈 리바테주 지구에 있는 아지냐가 마을의 한 농가에서 태어났다. 학업을 포기하고 용접공, 제철공, 막노동 등 수많은 직업을 전전했다. 1975년 국외로 강제 추방됐다. 1979년부터 전업작가가 되어 희곡, 소설, 시, 일기 등 전 장르에 걸쳐 작품을 썼다. 1947년 《죄의 땅》으로 데뷔했고, 1977년 첫 장편소설 《회화와 서예의 안내서》를 출간했다. 1982년 포르투갈을 배경으로 한 환상적 역사소설 《발타자르와 블리문다》를 발표했고, 장편소설 《수도원 회고록》(1982)으로 명성을 얻었다. 1998년 포르투갈인 두 번째로 노벨문학상을 수상했다.

《눈먼 자들의 도시(Ensaio sobre a cegueira)》

한 도시의 주민 대부분이 설명할 수 없는 집단 실명에 걸리게 되고, 그로 인해 빠른 속도로 붕괴되는 사회의 모습을 그리고 있다. 2008년 이 소설을 원작으로 한 동명의 영화가 개봉되기도 했다.

평범한 어느 날 오후, 차를 운전하던 한 남자가 차도 위에서 신호를 기다리던 중 갑자기 눈이 멀게 된다. 그를 간호한 아내, 그가 들른 병원의 환자들, 안과 의사 등 모두 눈이 멀어버린다. 정부는 백색 실명 현상을 전염병으로 여기고 눈먼 자들을 정신병동에 격리 수용한다. 아수라장이 된 병동에서 눈먼 자처럼 행동한 한 여자(의사 아내)만 충격적인 현장을 목격한다. 군인들은 전염될까봐 사람들을 총으로 무자비하게 죽인다. 보다 못한 여자는 그들 중 우두머리를 가위로 찔러 살해한다. 병동에 불이 나고 병동을 지키던 군인들 역시 모두 눈이 멀게 되면서, 사람들은 병동 밖으로 뛰쳐나온다. 도시 사람들은 모두 눈이 멀고 개들은 죽은 사람들의 시체를 뜯어먹는다. 어느 날, 맨 처음으로 눈이 보이지 않게 된 남자의 시력이 회복되고, 시간이 지나자 다른 눈먼 자들의 시력도 원래 상태로 되돌아온다.

+ 123 +

《이름 없는 자들의 도시》
(1997)

첫 문장

문 위쪽에 법랑이 덧씌워진 길고 가느다란 쇠판이 하나 있다.

✳
첫 문장

선거 날 날씨 한번 더럽네, 제14 투표소의 관리관이 말하면서
흠뻑 젖은 우산을 탁 접고 우비를 벗었다.

위화

* * *

"모든 인생은 누추하거나 지질하지 않다. 오히려 강하고, 위대함을 느끼게 된다."_위화

그런 걸 두고 좆 털이 눈썹보다 나기는 늦게 나도 자라기는 길게 자란다고 하는 거라구.

《허삼관 매혈기》 마지막 문장

《허삼관 매혈기》
(1996)

첫 문장

허삼관은 성안의 생사(生絲) 공장에서 누에고치 대주는 일을
하는 노동자다. 그가 오늘 마을에 할아버지를 보러 왔다.

위화(余華, 1960~)

중국 3세대 문학을 대표하는 작가. 중국 저장성에서 태어났다. 고등학교를 졸업하고 한때 발치사(拔齒師)로 일했다. 1983년 단편소설 《첫번째 기숙사》를 발표하며 등단했다. 《18세에 집을 나서 먼길을 가다》《세상사는 연기와 같다》 등의 중단편을 잇달아 내놓으며 주목받았다. 장편소설 《살아간다는 것》이 장이모우(張藝謨) 감독에 의해 영화 〈인생〉으로 만들어졌고 칸 영화제에서 황금종려상을 받았다.

《허삼관 매혈기(許三觀賣血記)》

위화의 두 번째 장편소설. 위화는 현대 중국을 대표하는 작가이자 반체제 작가로 불린다.

허삼관은 피를 팔아 번 돈으로 허옥란과 결혼해 세 아들을 두었다. 어느 날 첫째 아들 일락이 아내가 이웃의 하소용에게 강간당해 낳은 아들임을 알게 된다. 일락이 대장장이 방 씨의 아들을 돌로 찍어 부상을 입히자, 허삼관은 피를 팔아 문제를 해결하고 가출했던 일락에게 국수를 사주며 화해한다. 일락이 간염으로 위중해지자 아내와 일락을 상해의 큰 병원으로 보낸 허삼관은 또 다시 매혈을 한다. 예순이 된 허삼관은 승리반점 앞을 지나다가 돼지간볶음 냄새를 맡고는 불현듯 먹고 싶어진다. 피를 팔던 기억을 떠올리며 11년 만에 처음으로 자신을 위해 피를 팔려고 병원에 갔지만 거절당한다. 허옥란은 매혈로 식구를 돌봤던 허삼관을 두둔하며 승리반점으로 데려가 돼지간볶음 한 접시와 황주 두 냥을 시켜준다.

✳
첫 문장

십 년 전에 나는 한가하게 놀고먹기 좋은 직업을 얻었는데,
그것은 바로 촌에 가서 민요를 수집하는 일이었다.

《형제》
(2005)

✳
첫 문장

우리 류진*의 초특급 갑부 이광두는 미화 이천만 달러를 들여 러시아 우주선 소유스호를 타고 우주 유람을 할 정도로 기상 천외한 인물이다.

* 우리나라의 읍에 해당하는 행정구역

헤르만 헤세

* * *

"신은 우리를 죽이기 위해서가 아니라 우리 안의 새로운 삶을 일깨우기 위해 절망을 보낸 것이다."_헤르만 헤세

남들에게 보이는 '나'보다 나에게만 보이는 '나'에게 더 큰 위대한 힘이 있습니다.

《데미안》 중

《데미안》
(1919)

✳
첫 문장

내 이야기를 하자면, 훨씬 앞에서부터 시작해야 한다. 할 수만 있다면, 훨씬 더 이전으로 내 유년의 맨 처음까지, 또 아득한 나의 근원까지 올라가야 하리라.

토마스 만과 더불어 현대 독일의 최고 작가로 불린다. 독일 뷔르템베르크의 칼프에서 태어났다. 신학교를 중퇴한 후 시계공, 서점 점원 등으로 일하면서 문학 공부를 시작했다. 1904년 최초의 장편 소설《페터 카멘친트》로 문학적 지위를 확고히 했다. 피아니스트 마리아 베르누이와 결혼했다. 자전 소설《데미안》은 독일 국민에게 큰 영향을 끼쳤다. 1922년 출간한《싯다르타》는 인도 방문 체험을 반영했다. 1923년 스위스 국적을 취득하고, 1946년 노벨문학상 및 괴테상을 받았다. 1962년 8월 뇌출혈로 사망했다.

《데미안(Demian)》

'에밀 싱클레어의 청년시절 이야기'라는 부제가 붙어있다. 제1차 세계대전 중인 1916년에 썼지만, 전쟁이 끝난 직후인 1919년에 출간됐다. 작가로서 이미 유명했던 헤세는 이 작품에서는 에밀 싱클레어라는 가명을 사용했다. 1920년 판부터 작가 이름을 헤르만 헤세로 바꿔서 출간했다.

싱클레어는 신앙과 지성이 조화된 가정에서 성장했다. 그가 자란 환경은 말 그대로 밝은 세계이며 선의 세계다. 어두운 생활을 하던 싱클레어는 데미안을 만나고, 자기 자신 속의 두 세계, 즉 금지된 것과 허락된 것 사이에서 심한 갈등을 겪는다. 베크는 싱클레어를 술집으로 유혹한다. 싱클레어는 베크와 함께 카인과 아벨 신화의 이중성, 금욕주의, 연애감정에 대해 생각한다. 데미안은 싱클레어의 타락한 모습에 우려를 나타낸다.

싱클레어는 베아트리체를 만나면서 소용돌이치는 마음에서 벗어난다. 싱클레어는 베아트리체의 초상화를 그리면서 그 초상화가 데미안을 닮아가고 있음을 느낀다. 싱클레어는 지구에서 날아오르려고 하는 새를 그려 데미안에게 보낸다. 데미안으로부터 편지 한 통이 도착한다. 더 나은 세계를 향해 날아가는 새, 먼저의 세계를 파괴하고 나온 새, 신 아프락사스에 관한 이야기다. 오르간 소리에 이끌려 어느 교회로 들어간 싱클레어는 그곳에서 연주자 피스토리우스를 만나 아프락사스에 대해 공감하고, 아프락사스에 대한 가르침을 받게 된다. 싱클레어는 데미안 어머니 에바 부인이 자신의 내부에 존재하고 있는 여인상이라는 것을 깨닫는다. 전쟁이 발발하고 데미안과 싱클레어는 함께 참전한다. 싱클레어는 부상을 당해 야전병원으로 옮겨지고 그곳에서 우연히 데미안과 나란히 누워 있게 된다. 다음날 아침 데미안은 옆에 없고, 싱클레어는 자신의 내면으로 들어가 친구이며 지도자인 데미안과 닮은 자신의 모습을 본다.

《데미안》

✳

새는 알에서 나오려고 투쟁한다. 알은 새의 세계다. 태어나려
고 하는 자는 하나의 세계를 깨뜨려야 한다.

✳

모든 인간의 삶은 각자 자신에게로 이르는 길이다.

✳

인간은 서로가 이해할 수는 있다. 그러나 각자가 지니는 고유
의 뜻을 아는 것은 오로지 본인뿐이다.

✳

첫 문장

요제프 기벤라트 씨는 중개업과 대리업을 했다. 다른 마을 사람들에 견주어볼 때, 그에게는 장점이나 특성이랄 것이 없었다.

《싯다르타》
(1922)

＊
첫 문장

브라만의 훌륭한 아들이자 한 마리 젊은 매와도 같은 싯다르
타는 자신의 집 그늘에서, 양지바른 강가에 매인 조각배 곁에
서, 사라수(沙羅樹) 그늘에서, 무화과나무 그늘에서, 역시 브
라만의 아들인 친구 고빈다와 함께 성장했다.

마리아브론 수도원의 입구에는 두 개의 작은 기둥으로 떠받쳐진 아치형 정문이 보이고, 그 앞의 길가에는 밤나무가 한 그루 서 있다.

✳
첫 문장

요제프 크네히트의 출생에 대해서는 아무것도 전해지는 바가 없다. 영재학교의 다른 학생들이 그러하듯 그 역시 일찍 부모를 여의었거나 아니면 교육국에 의해 불우한 환경에서 벗어나 입양되었을 것이다.

레마르크

＊ ＊ ＊

"사랑은 말로 할 수 없는 것. 말은 강물 속의 물 한 방울 같은 것."
_레마르크

당신은 내게 생명을 불어넣어 주었어. 나는 돌멩이에 지나지 않았었어. 그런 나를 당신이 살아나게 해줬던 거야.

《개선문》 중

《개선문》
(1946)

＊
첫 문장

여자는 라비크 쪽으로 비스듬히 다가왔다. 빠른 걸음이었으나 이상하게도 휘청거렸다.

에리히 마리아 레마르크(Erich Maria Remarque, 1898~1970)

독일 서부 베스트팔렌 주의 오스나브뤼크에서 태어났다. 18세 때 제1차 세계대전에 참전해 여러 번 죽을 고비를 넘겼다. 서부 전선 전투에서 부상을 당해 훈장을 받고 제대했다. 제본업, 교사, 기자 등의 직업을 전전하다가 전장에서의 체험을 토대로 쓴 소설 《서부 전선 이상 없다》로 명성을 얻었다. 1933년 히틀러가 정권을 잡자 반전 주의자로 탄압받다가 국적을 박탈당해 1939년 미국으로 망명했다. 망명 후 미국에서 반나치 작가로 활약했다. 《개선문》을 발표하면서 다시 주목을 받았다. 전쟁이 끝난 후에는 스위스에 정착했다.

《개선문(Arc de Friomphe)》

제2차 세계대전 전날 밤 파리, 독일에서는 나치에 의한 공포정치가 시작됐다. 외과의사였던 라비크는 강제수용소에 들어가게 되지만 가까스로 탈출해 파리로 망명한다. 그러나 불법 입국자인 탓에 몰래 의사로 일한다. 어느 날, 라비크는 세느강변에서 투신자살하려는 여배우 조앙을 구한다. 조앙은 삶의 의욕을 되찾고 라비크를 사랑하게 되지만, 라비크는 조앙의 사랑을 받아들이지 않는다. 라비크에게는 나치에 의해 애인이 학살된 아픈 과거가 있었고, 애인을 죽이고 그를 고문한 게슈타포 하케에게 복수하는 것이 삶의 유일한 목표였기 때문이다. 라비크의 환자였던 미국 여인 케이트는 라비크에게 미국에서 생활하자고 제안하지만 라비크는 거절한다. 그 후 라비크는 남을 돕다가 불법 입국이 발각되고 조앙에게 사정을 설명하지 못한 채 국외로 추방된다. 몇 달 후, 라비크는 파리로 돌아와 조앙과 재회한다. 조앙은 라비크가 추방된 기간 동안 고독을 못 견뎌 젊은 남자 배우와 동거했고 그는 라비크를 못 잊는 조앙을 쏴버린다. 라비크는 이미 살 가망이 없는 조앙에게 사랑했었다고 고백한다.

《서부 전선 이상 없다》
(1929)

첫 문장

우리가 있던 곳은 전선으로부터 9킬로미터 떨어진 후방이었다. 어제 우리는 교대되어 왔다. 오늘에야 겨우 쇠고기와 흰 콩 삶은 것을 양껏 먹어 배가 부르고 아주 만족스러웠다.

러시아에서의 죽음은 아프리카에서의 죽음과는 다른 냄새를
풍겼다.

도스토옙스키

* * *

"감옥에 갇힌 사람이 탈출하려는 것을 막기 위한 가장 좋은 방법은
그가 감옥에 있다는 것을 인지하지 못하게 하는 것이다."
_도스토옙스키

....

....

....

나는 인간을 죽인 것이 아니다. 주의(主義)를 죽인 것이다!

《죄와 벌》 중

《죄와 벌》
(1866)

✳
첫 문장

찌는 듯이 무더운 7월 초 어느 날 해질 무렵, 한 청년이 S골목의 셋집에 있는 자신의 작은 방에서 거리로 나와 약간 망설이듯 느릿느릿한 걸음으로 K다리 쪽으로 걸어갔다.

표도르 미하일로비치 도스토옙스키(Fyodor Mikhailovich Dostoevskii, 1821~1881)

톨스토이와 함께 19세기 러시아 문학을 대표하는 문호. 모스크바 빈민병원 의사의 둘째 아들로 태어났다. 1843년 상트페테르부르크 공병사관학교를 졸업하고 문학의 길로 들어섰다. 1846년 처녀작 《가난한 사람들》로 주목받았다. 1849년부터 공상적 사회주의 경향을 띤 페트라셰프스키 모임에 출입하기 시작했고, 고골에게 보내는 벨린스키의 편지를 낭독했다는 이유로 사형 선고를 받았다. 하지만 극적인 순간에 사형 집행이 취소돼 유형을 떠나게 된다. 1864년 《지하 생활자의 수기》를 발표했다. 가난과 지병인 간질병에 시달리면서도 《죄와 벌》《백치》《악령》《카라마조프가의 형제들》 등 걸작을 남겼다. 1881년 폐동맥 파열로 숨을 거뒀다.

《죄와 벌(Prestuplenie i nakazanie)》

도스토옙스키가 45세에 완결한 《죄와 벌》은 1866년 출간됐다. 8년간의 유형 생활 후 두 번째로 발표한 대작이다. 시대적 배경은 1860년대 후반 러시아의 경제공황, 무대는 페테르부르크의 빈민가다.

23세 청년 라스콜리니코프는 지방 소도시 출신으로 돈 없는 가난한 대학생이다. 어려움에 처한 어머니와 여동생을 구하고, 자신도 대학을 졸업한 뒤 출세의 길을 가고 싶어했던 그는 목돈 마련을 위해 전당포 노파를 죽인다. 그런데 노파의 이복 여동생 리자베타까지 죽이게 된다. 제2의 살인으로 심한 양심의 가책을 느꼈고, 악몽에 시달렸다. 예심 판사는 자수를 권한다. 순결한 소냐를 만나 사건의 진실을 이야기하게 되면서 심적 변화를 일으킨다. 자수를 하고 시베리아 유형길에 오른다. 소냐는 감옥 근처에 살면서 라스콜리니코프의 갱생을 돕는다.

《지하 생활자의 수기》
(1864)

첫 문장

나는 병적인 인간이다…… 나는 심술궂은 인간이다. 나는 남의 호감을 사지 못하는 인간이다. 이것은 아무래도 간장이 나쁘기 때문인 것 같다.

✳
첫 문장

알렉세이 표도로비치 카라마조프는 우리 고을의 지주 표도르 파블로비치 카라마조프의 셋째 아들이었다. 그의 아버지는 정확히 13년 전에 비극적이고도 기괴하게 죽어서 한때 대단한 유명세를 탔다.

존 스타인벡

* * *

"인생에서 가장 큰 위험은 위험을 감수하지 않는 것이다."
_존 스타인벡

악은 항상 새롭고 싱싱한 얼굴을 하고 있지만, 미덕은 이 세상 무엇보다도 숭고하고 존엄한 얼굴을 하고 있다.

《에덴의 동쪽》 중

《에덴의 동쪽》
(1952)

✳
첫 문장

살리나스 계곡은 캘리포니아 북부에 있다. 기다란 습지대인 이 계곡은 두 줄기 산맥 사이에 있는데, 살리나스 강이 그 가운데를 따라서 굽이굽이 휘감아 돌아서는 마침내 몬터레이 만으로 흘러간다.

1929년 첫 소설 《황금의 잔》을 출간하면서 문단에 데뷔했다. 단편집 《천국의 목장》(1932)과 소설 《알려지지 않은 신에게》(1933), 《토르티야 대지》(1935) 등을 발표했으나 평단과 대중의 외면을 받았다. 1936년 소설 《의심스러운 싸움》을 출간, 베스트셀러에 오르며 이름을 알리기 시작했다. 1937년 소설 《생쥐와 인간》을 통해 본격적으로 평단의 주목을 받았다. 1939년 장편소설 《분노의 포도》를 출간하면서 작가로서의 명성을 쌓았다. 1952년 《에덴의 동쪽》을 발표했고, 1962년 애완견과 함께 캠핑카로 미국 전역을 다닌 여행기 《찰리와 함께한 여행》을 출간했다. 그해 노벨문학상을 받았다.

《에덴의 동쪽(East of Eden)》

미국 캘리포니아 살리나스 주를 배경으로 전체 4부 55장으로 구성된 방대한 '캘리포니아 서사시'다. 작품의 표제 《에덴의 동쪽》은 구약 성경 창세기에서 카인(Cain)이 동생 아벨(Abel)을 죽이고 에덴의 동쪽으로 도망쳤다는 내용에서 차용했다. 동부에서 살리나스로 이주해온 애덤과 찰스 트래스크 형제는 아버지 사이러스의 유산으로 살리나스의 알짜배기 땅에 집을 짓고 자리 잡는다. 캐시 에임스는 순진한 애덤과 결혼했으면서도 애덤의 눈을 피해 찰스와도 잠자리를 갖는다. 결국 캐시는 전혀 다른 쌍둥이 형제를 출산한다. 캐시는 애덤을 총으로 쏜 후 집을 나간다. 애덤은 쌍둥이에게 아론과 칼이라는 이름을 지어준다. 칼은 점점 아버지와 형에게, 또 형과 사귀는 에이브라에게, 사랑하면서도 증오하는 이중적인 감정을 갖게 된다. 아론은 캐시가 매춘을 한다는 사실을 알게 되고 그 충격으로 현실을 회피하고 입대한다. 캐시는 결국 자살한다. 애덤은 아론의 전사 소식을 듣고 쓰러지고, 마지막 순간 칼을 용서한다.

《분노의 포도》
(1939)

✳
첫 문장

오클라호마의 황토 벌판과 잿빛 평원 위에 마지막 빗줄기가
부드럽게 내렸다.

마크 트웨인

* * *

"그는 사람들이 좋아하는 것을 좋아한다. 그래서 사람들은 그를 좋아한다."_마크 트웨인

모험을 찾는 것은 인생을 사는 방법이야.

《톰 소여의 모험》 중

✳

첫 문장

"톰!" 아무 대답이 없었다.

"톰!" 그래도 아무런 대답이 없었다.

"이 녀석이 도대체 어떻게 된 거야? 얘, 톰!"

여전히 아무런 대답이 없었다.

마크 트웨인(Mark Twain, 1835~1910)

마크 트웨인은 필명, 본명은 사무엘 랭그혼 클레멘스(Samuel Langhorne Clemens)다. 미국 미주리 주 플로리다에서 태어나 4세 때 가족을 따라 미시시피 강가의 해니벌로 이사왔다. 네바다 주와 캘리포니아 주에서 신문기자로 일하면서 '마크 트웨인'이라는 필명을 사용하기 시작했다. 이는 뱃사람의 용어로, 수로 안내인의 구호 'by the mark, twain(수심 2미터라는 뜻)'에서 따온 것이다. 1865년 단편《캘리베러스의 명물 뜀뛰는 개구리》(1865)로 일약 명사가 됐다. 1869년 유럽·팔레스타인 성지 여행기《철부지의 해외여행기》를 출간해 대성공을 거뒀다. 1870년 동부 석탄 거상의 딸 올리비어 랭든과 결혼했다. 《톰 소여의 모험》《허클베리 핀의 모험》을 발표하면서 작가로서의 전성기를 구가했다.

《톰 소여의 모험(The Adventures of Tom Sawyer)》

미시시피 강을 배경으로 한 3부작《톰 소여의 모험》《미시시피 강의 생활》《허클베리 핀의 모험》중 첫 작품이다. 트웨인의 소년시절 체험을 바탕으로 미시시피 강변에 위치한 상상의 마을 세인트피터스버그가 이야기의 배경이다. 미시시피 강 기슭에 자리한 시골 마을에 사는 톰과 떠돌이 소년 허클베리 핀은 둘도 없는 단짝이자 개구쟁이다. 어느 날 밤 톰과 허클베리 핀은 공동묘지에서 살인을 목격한 후 겁에 질려 작은 섬으로 몸을 숨긴다. 톰은 재판에서 마을 의사를 죽인 진범이 인디언 조임을 밝혀 하루아침에 영웅이 된다. 톰은 학교 소풍날 동굴에 들어갔다가 길을 잃게 되고, 거기서 조와 마주치지만, 기지를 발휘해 위기에서 벗어난다. 조는 주검으로 발견되고, 조가 감추었던 보물을 톰과 허클베리 핀이 나눠 갖는다.

✳
첫 문장

16세기 중엽 어느 가을날 옛 런던 시의 가난한 캔티 집안에 한 사내 아이가 태어났다. 그런데 그 집안에서는 아이를 별로 반기지 않았다.

《허클베리 핀의 모험》
(1884)

첫 문장

《톰 소여의 모험》이라는 책을 읽어보지 않은 사람이라면 내 이름을 모를 수도 있겠으나, 그것은 그리 대수로운 일이 아니다.

오에 겐자부로

* * *

"내 작품의 중심 주제는 내 가족이 장애 아이와 함께 살아온 방식이었다. 삶에서 가장 고통스러운 경험을 다루기 시작하면서 작가로서 한 인간으로서 성숙했다."_오에 겐자부로

쌓인 눈의 퇴폐함 징후를 새로 내린 눈이 덮어 감춰, 끊임없이 눈은 자신의 인상을 새롭게 한다.

《만연원년의 풋볼》 중

✳
첫 문장

채 밝지 않은 새벽의 어둠 속에서 눈뜨며 고통스런 꿈의 여운이 남아 있는 의식을 더듬어 뜨거운 '기대'의 감각을 찾아 헤맨다.

오에 겐자부로(大江健三郎, 1935~2023)

일본 시코쿠 에히메 현에서 태어났다. 1954년 도쿄대학 불문과에 입학, 1957년 《기묘한 일거리》를 도쿄대학 신문에 게재하면서 작가로 데뷔했다. 1958년 《사육》으로 일본 최고 권위의 아쿠타가와상을 최연소 수상했다. 1994년 《만연원년의 풋볼》로 노벨문학상을 수상하면서 가와바타 야스나리에 이어 일본의 두 번째 수상자가 됐다.

《만연원년의 풋볼(万延元年のフットボール)》

'만연(万延 ; 일본어 발음으로는 만엔)'은 막부시대 말 단 한 해만 사용됐던 연호. 만연원년은 시코쿠 마을에서 농민봉기가 일어난 1860년이다. 만연원년의 사건과 제2차 세계대전 종전 직후의 사건 그리고 현재의 사건이 교차된다. 27살 대학강사 미츠사부로는 생물학 관련 문헌을 번역하며 생계를 꾸려간다. 백치로 태어난 첫 아이를 시설에 맡긴 후 아내는 날마다 술에 찌든 생활을 반복한다. 미국에서 돌아온 동생 다카시의 권유로 시코쿠의 산골짜기 마을로 들어간다. 다카시는 1960년에 있었던 안보투쟁에 좌절해 미국으로 건너갔었다. 그들의 증조부는 골짜기 마을의 촌장이었고 증조부 동생은 만연원년에 일어난 농민 반란의 주모자였는데, 미츠사부로와 다카시는 100년 전의 증조부 형제에게 자신들을 중첩시킨다. 다카시는 젊은이들을 조직해 슈퍼마켓 약탈이라는 '상상력의 폭동'을 실행한다. 그 후 마을 아가씨를 강간, 살해했다는 죄를 짊어지고 미츠사부로에게 사실을 고백한 다음, 자살한다.

《사육》
(1958)

*
첫 문장

나와 동생은 아래쪽 우거진 덤불을 베어 내고 땅을 살짝 파서
만든 임시 화장터에서, 기름과 연기 냄새가 나는 보드라운 재
를 나뭇가지로 헤쳤다.

✳

첫 문장

버드(鳥)는 야생 사슴처럼 의기양양하고 우아하게 진열 선반
에 놓여 있는 멋있는 아프리카 지도를 내려다보고, 억제된 작
은 탄식을 내뱉었다.

《익사》
(2009)

＊
첫 문장

지방의 오래된 집안에는 특별히 번창했던 역사가 없어도 집안을 둘러싼 나름의 일화들이 전해 내려오는 법이다.

괴테

* * *

"나는 인간이다. 그것은 '싸우는 자'라는 의미이다."_괴테

탄환은 재어놓았습니다. 지금 열두 시를 치고 있습니다.
자, 그럼 됐습니다. 로테! 로테! 안녕, 안녕!

《젊은 베르테르의 슬픔》 중

1771년 5월 4일
훌쩍 떠나온 것이 나는 얼마나 기쁜지 모른다! 나의 소중한
친구여! 인간의 마음이란 대체 어떤 것일까!

독일 프랑크푸르트의 부유한 가정에서 태어났다. 1765년 라이프치히대학에 들어가 법률을 공부하면서 자유분방한 생활을 보내다가, 1768년 각혈로 고향에서 요양했다. 1771년 고향에서 변호사업을 개업하고, 1772년 제국 고등법원의 실습생으로 몇 달 동안 베츨러에 머물렀다. 이때 샤로테 부프와의 비련을 겪고《젊은 베르테르의 슬픔》을 썼다. 1775년 바이마르 공국의 대공 카를 아우구스트의 초청을 받아 바이마르로 건너가 재상까지 올라 10년 남짓 국정에 참여했다.《파우스트》는 1773년 23세 때 집필을 시작, 세상을 떠나기 1년 전인 1831년에 완성한 대작이다.

《젊은 베르테르의 슬픔(Die Leiden des jungen Werther)》

1772년 베출라 고등법원에서 견습 생활을 하다 이미 약혼자가 있던 샤로테 부프를 만나 사랑에 빠진 것이《젊은 베르테르의 슬픔》의 소재가 됐다. 이 소설로 인해 한때 베르테르의 자살을 따라 하는 모방 자살자가 속출해 판매 중지가 되기도 했다.
유복한 가정에서 자란 베르테르는 아버지의 유산을 상속받은 후 소일하며 지낸다. 발하임으로 이주한 베르테르는 무도회에서 로테를 보고 첫눈에 반한다. 로테에 대한 애틋한 감정을 갖게 될 즈음 로테의 약혼자 알베르트가 발하임으로 돌아온다. 이에 베르테르는 크게 낙담한다. 베르테르는 로테를 잊고자 발하임을 떠나 멀리 떨어진 마을 공사관에서 서기관 일을 한다. 두 사람의 결혼 소식을 들은 베르테르는 충격을 받는다. 베르테르는 로테 주위를 맴돌며 고통스러워하고, 로테는 베르테르와 거리를 두려고 한다. 베르테르가 로테의 집에 들어가 고백하면서 키스를 시도하자 로테는 베르테르와 절교를 선언한다. 절망에 빠진 베르테르는 총으로 자신의 머리를 쏜다.

너희들 다시 다가오는가, 가물거리는 형상들아
일찍이 내 흐릿한 눈앞에 나타났던 형상들이여,
이번엔 어디 한번 단단히 붙잡아볼거나?

에드거 앨런 포

✳ ✳ ✳

"난 가끔 가슴으로 느꼈을 때 빼고는 결코 미친 적이 없다."
_에드거 앨런 포

이런저런 계획이 떠올랐다. 시체를 작게 토막 내어 불에 태우면 어떨지 생각했다. 지하실 바닥에 시체를 파묻어 버릴까도 생각해보았다. 마당에 있는 우물에 던져 넣으면 어떨지.   《검은 고양이》중

《검은 고양이》
(1843)

✳
첫 문장

나는 지금 말하려는 기괴한 이야기를 믿어주리라 생각지 않
는다.

괴기 소설의 시조이자 대가. 미국 보스톤에서 배우의 아들로 태어났다. 1827년 시집 《티무르와 그 밖의 시》를 발표하며 시단에 데뷔했다. 1829년 제2시집 《알 아라프, 티무르》, 1831년 제3시집 《포 시집》 출간 이후에는 시작(詩作)을 중단하고 소설을 썼다. 1833년 10월 〈볼티모어 새터데이 비지터〉지의 단편소설 현상 공모에 단편 《병 속의 수기》가 당선되면서 주목을 받았다. 1835년 사촌 여동생 버지니아와 결혼한 뒤 각지로 방랑하며 궁핍한 생활을 했다. 1838년 단편 《리지아》에 이어, 첫 장편소설 《아서 고든 핌의 이야기》를 발간하며 창작 활동에 돌입했다. 1841년 탐정 캐릭터의 시초 격인 오귀스트 뒤팽을 창조시킨 작품 《모르그가의 살인사건》을 통해 본격적으로 추리소설을 쓰기 시작했다. 1845년 〈이브닝 미러〉지에 발표했던 시 〈갈가마귀〉로 시인으로서도 인정받았다. 1849년 아내를 추모하는 내용의 마지막 시 〈애너벨 리〉를 발표했다. 1849년 10월 볼티모어의 노상에서 의식불명 상태로 발견된 후 40세 젊은 나이에 세상을 떠났다.

《검은 고양이(The Black Cat)》

같은 해 출간된 《고자질하는 심장》과 한 쌍을 이뤄 광기 폭발을 인상적으로 탐구한 작품이다.

이름을 밝히지 않은 수감자 '나'는 사형 집행 전날 자기 생을 되돌아보는 짧은 증언을 시작한다. 어린 시절부터 심성이 유순한 '나'는 늘 주위의 동물들을 돌보고 이들과 어울리길 좋아했다. 성인이 된 후 결혼한 아내 역시 착하고 정이 많아 '나'만큼이나 동물을 보살피는 데 정성을 다한다. 결혼 후 '나'는 차츰 술을 찾기 시작하고 전에 없던 포악한 성격이 표출된다. 어느 날 만취 상태의 '나'는 집에서 기르던 영특한 검은 고양이 플루토의 한 쪽 눈을 도려낸다. 얼마 후 '나'는 아예 플루토를 나무에 매달아 교살한다.

《어셔가(家)의 몰락》
(1839)

＊
첫 문장

하늘에 음침한 구름이 끼어있는, 어둡고도 고요한 정적이 깃
든 어느 가을날이었다.

✳

첫 문장

흔히 분석적이라 칭해지고 있는 정신기능 그 자체는 사실 거의 분석이 불가능하다.

찰스 디킨스

* * *

"매일매일 희망이 사라지기도 하지만, 다시 내일을 위한 희망이 생겨나기도 한다."_찰스 디킨스

내가 하는 일은 이제까지 내가 한 어떤 것보다도 훨씬 더 훌륭한 일이다. 그리고 내가 즐기러 가는 휴식은 내가 이제까지 알던 어떤 것보다도 훨씬 더 좋은 휴식이다.

《두 도시 이야기》 중

✳
첫 문장

최고의 시절이자 최악의 시절, 지혜의 시대이자 어리석음의 시대였다. 믿음의 세기이자 의심의 세기였으며, 빛의 계절이자 어둠의 계절이었다. 희망의 봄이면서 곧 절망의 겨울이었다. 우리 앞에는 무엇이든 있었지만 한편으로는 아무것도 없었다. 우리는 모두 천국 쪽으로 가고자 했지만 우리는 다른 방향으로 나아가고 있었다.

영국 잉글랜드 남부 해안도시인 포츠머스에서 태어났다. 1833년 '보즈'라는 필명으로 단편 스케치들을 모으기 시작, 1836년 첫 단편집 《보즈의 스케치》를 출간하면서 문학가의 길로 들어섰다. 1838년 완성한 《올리버 트위스트》로 작가로서의 위치를 확고히 했고, 이후 《크리스마스 캐럴》 등의 장편·중편을 발표했다. 1858년 부인 캐서린과 별거하는 등 정신적인 고통을 겪었고, 1870년 추리소설풍의 《에드윈 드루드》를 미완성으로 남긴 채 뇌출혈로 세상을 떠났다.

《두 도시 이야기(A Tale of Two Cities)》

디킨스의 두 번째 역사소설로 프랑스 혁명의 광기와 숭고한 사랑에 대한 이야기. 디킨스가 토머스 칼라일(Tomas Carlyle)의 《프랑스 혁명(The French Revolution)》을 읽은 후 이에 영향을 받아 프랑스 혁명을 배경으로 쓴 작품이다. 《위대한 유산》과 함께 디킨스의 후기 대표작으로 꼽힌다. 두 도시란 프랑스 파리와 영국 런던을 가리킨 것으로, 이 두 도시를 무대로 이야기가 전개된다.

18세기 런던과 파리를 배경으로 사랑하는 여인을 위해 목숨을 바친 한 남자의 운명적인 사랑이 웅장하고 아름다운 음악과 함께 펼쳐진다. 프랑스의 망명 귀족이자 에버몽드 후작의 조카인 찰스 다네이는 잔인 무도한 프랑스 귀족사회에 회의를 느끼고 런던으로 건너가 우연히 루시 마네뜨를 만나 사랑하게 된다.

《올리버 트위스트》
(1838)

첫 문장

영국의 어느 읍에 구빈원*이 있었다. 어느 날, 이 구빈원에서
생명 하나가 태어났다.

---

* 영국 국교의 지역 관할로 극빈자들을 수용하는 시설.

《크리스마스 캐럴》
(1843)

✳
첫 문장

우선, 말리가 죽었다는 이야기부터 하고 넘어가야겠다. 누가
뭐래도 그건 분명한 사실이다.

우리 아버지의 성은 피립이고 내 세례명은 필립이었는데, 어린아이 적 내 짧은 혀는 두 이름을 '핍' 이상으로 길거나 분명하게 발음할 수 없었다.

모파상

* * *

"인생은 산에 오르는 것과 같다. 사람은 오르고 있는 동안 정상을 바라보며 자신이 행복하다고 느낀다."_모파상

인생은 생각만큼 좋지도, 나쁘지도 않아요.

《여자의 일생》 중

✳
첫 문장

잔느는 짐을 다 꾸리고 나서 창가로 다가가 보았지만, 비는
그치지 않았다.

기 드 모파상(Guy de Maupassnat, 1850~1893)

프랑스 노르망디의 미로메닐에서 태어났다. 1880년 6명의 젊은 작가들이 쓴 단편
집 《메당 야화》에 《비곗덩어리》를 실었다. 1883년 《여자의 일생》을 발표하면서 주
목받기 시작했다. 10년 동안 《목걸이》 등 단편소설 약 300편, 기행문, 시집, 희곡
몇 편 외에 《벨아미》《몽토리올》《피에르와 장》《죽음처럼 강하다》《우리들의 마음》
등의 중·장편소설을 집필했다. 우울증, 여성에의 집착, 방랑벽 등으로 괴로워하다가
자살을 기도하기도 했다. 43세 생일을 맞기 1개월 전 세상을 떠났다.

《여자의 일생(Une Vie)》(1883)

원제목은 '어느 생애(일생)'. 모파상은 6년에 걸쳐 《여자의 일생》을 집
필했다. 신문에 연재하다가 1883년 출간되면서, 전 유럽에 모파상의
이름을 알렸다. 플로베르의 《보바리 부인》을 역으로 구성한 작품이다.
잔느는 노르망디 귀족 집안 출신으로 상냥하고 곧다. 보통 귀족 여성
들과 마찬가지로 수도원에서 지내다가 젊고 매혹적인 귀족 남자와 결
혼해 평범한 아내로 살며 아이를 낳는다. 남편 줄리앙은 바람둥이로
잔느 집안의 몸종 로잘리, 잔느가 친구라고 믿었던 이웃 풀빌 백작 부
인과 즐긴다. 결국 줄리앙은 질투했던 풀빌 백작에게 살해당한다.

《비곗덩어리》
(1880)

✳
첫 문장

며칠을 연이어 패주하는 군대의 병사들이 도시를 가로질러 지나갔다. 그들은 이미 군대가 아니라 흩어져 버린 무리에 불과했다.

＊
첫 문장

가난한 월급쟁이 가장을 둔 집안에 운명의 신이 잘못 판단해 태어났다고 생각할 수밖에 없는 세련되고 아름다운 여자들이 태어나는 경우가 있다. 그녀도 그런 여자들 가운데 한 명이었다.

파스테르나크

* * *

"시는 마음과 지성, 감성과 이성 사이의 다리이다."_파스테르나크

사람들을 위해서는 의사가 되고 싶지만, 나를 위해서는 시를 쓰고 싶어.

《닥터 지바고》 중

✳

첫 문장

장례 행렬은 〈영원한 잠〉을 부르며 앞으로 나아가고 있었다.
노랫소리가 멎으면 그들의 발소리와 말발굽소리, 간간이 가
볍게 부는 바람소리가 노래를 이어받는 것처럼 느껴졌다.

보리스 레오니도비치 파스테르나크(Boris Leonidovich Pasternak, 1890~1960)

러시아 모스크바의 유대계 예술가 가정에서 태어났다. 아버지는 화가였고, 어머니
는 피아니스트였다. 어린 시절 음악을 공부했으나 포기하고, 1909년 모스크바대학
의 역사철학부에 입학했다. 1912년 독일의 마르부르크대학에서 신칸트학파의 거두
인 코헨에게 배웠다. 러시아로 귀국해 1913년 모스크바대학을 졸업하고 문학의 길
을 걸었다. 1914년 처녀시집 《구름 속의 쌍둥이》를 출간했다. 1955년 유일한 장편
《닥터 지바고》를 완성했으나 소련에서의 발표가 허락되지 않자 1957년 이탈리아에
서 출간했다. 이듬해 노벨문학상 수상을 놓고, 정치적인 소용돌이에 휘말려 소련작
가동맹에서 제명됐다. 당국에 탄원해 국외추방을 면하고, 노벨문학상 수상을 거부했
다. 사후 1988년 잡지 〈노비미르〉에 《닥터 지바고》가 게재되고 복권이 이뤄졌으며,
아들이 노벨상을 대리 수상했다.

《닥터 지바고(Doktor Zhivago)》

파스테르나크의 유일한 장편소설. 1945년 집필을 시작해 1955년 완성
했다.
유리 안드레예비치 지바고는 모스크바의 명망 높은 부유한 사업가 가
정에서 태어났다. 어렸을 때 어머니는 폐병으로 죽고, 아버지는 기차
에 뛰어들어 자살했다. 이후 가문은 몰락의 길을 걷는다. 고아가 된 지
바고는 모스크바의 그로메코 교수 집에 맡겨진다. 그 집에서 지바고는
교수 딸 토냐, 같은 학교를 다니는 미샤와 함께 지낸다. 교수 부인은 죽
음이 가까워오자 지바고를 토냐와 정혼시켰다. 지바고는 공부를 마친
후 토냐와 결혼해 행복한 나날을 보냈다. 제1차 세계대전이 터지자, 종
군 의사로 전쟁터에 나간 지바고는 포탄에 맞아 부상을 당하고, 병원
에 있는 동안 간호사 라라를 만난다. 친구를 통해 라라가 전쟁으로 남
편을 잃었다는 사실을 알게 된다. 지바고와 라라는 사랑에 빠진다.

헤밍웨이

* * *

"진정한 작가에게, 매 작품은 성취감을 넘어 무언가를 다시 시도하는 새로운 시작이어야 한다."_헤밍웨이

바다는 비에 젖지 않아. 어떤 시련이 와도 시련에 젖지 않아.

《노인과 바다》 중

《노인과 바다》
(1952)

첫 문장

그는 멕시코 만류*에서 조각배를 타고 홀로 고기잡이하는 노인이었다. 그는 84일 내내 물고기를 단 한 마리도 잡지 못했다.

---

* 멕시코 만에서 미국 연안으로 북상한 뒤 동북으로 나아가 영국 제도 방면까지 이르는 난류.

미국 일리노이 주 시카고 근처 오크파크에서 의사의 아들로 태어났다. 대학에 진학하지 않고 〈캔자스시티 스타〉 신문사에서 기자로 일했다. 제1차 세계대전에 참전해 다리에 중상을 입었다. 1923년 첫 작품 《3편의 단편과 10편의 시》를 출간하고, 이후 단편집 《우리들의 시대》《봄의 분류(奔流)》 등을 발표했다. 《태양은 또다시 떠오른다》로 미국 문단의 주목을 받았고, 참전 경험을 토대로 《무기여 잘 있거라》를 발표했다. 1940년 스페인 내전을 소재로 한 《누구를 위하여 종은 울리나》를 발표했다. 1953년 아프리카 여행을 하던 중 두 번이나 비행기 사고를 당해 중상을 입고, 1959년부터 건강이 악화되면서 우울증과 알코올 중독에 시달리다가 1961년 7월 2일 아이다호 케첨의 자택에서 엽총으로 생을 마감했다.

《노인과 바다(The Old Man and the Sea)》

1953년 퓰리처상을, 1954년 노벨문학상을 받은 작품이다. 소설 속 물고기는 18피트, 1500파운드의 거대한 청새치다.

쿠바의 노인 어부 산티아고는 바다에 나가 84일 동안 한 마리의 고기도 잡지 못한다. 어느 날 산티아고는 조수인 마놀린에게 고기를 잡으러 걸프만으로 떠난다고 말하고, 바다에 나간 지 85일째 되던 날 오후, 마침내 그에게 거대한 청새치가 걸리고, 청새치와 사투를 벌인다. 하지만 청새치를 노린 상어떼에게 청새치를 빼앗기고 집으로 돌아온다.

《태양은 또다시 떠오른다》
(1926)

본문 중

태양은 결코 이 세상을 어둠이 지배하도록 놔두지 않는다. 태양이 있는 한, 절망하지 않아도 된다.

✳
첫 문장

그해 늦은 여름, 우리는 산으로 이어지는 평원과 강을 마주보고 있는 어느 마을의 민가에서 지내고 있었다.

《킬리만자로의 눈》
(1936)

✳

첫 문장

"신기한 노릇이야, 통증이 없어졌으니." 그가 말했다.

＊
본문 중

오늘은 수많은 날들 중 그저 하루이고, 앞으로도 그럴 것이다. 하지만 다른 날들에 벌어지는 일은 네가 오늘 뭘 하냐에 달려 있다.

서머싯 몸

* * *

"인생의 크나큰 비극은 죽는 것이 아니라 사랑하기를 그만두는 것이다."
_서머싯 몸

젊음이 행복하다는 것은 환상이며 그것은 젊음을 잃어버
린 사람들의 환상이다.

《인간의 굴레》 중

《인간의 굴레》
(1915)

첫 문장

희끄무레하게 날이 밝았다. 구름이 나직이 깔리고 쌀쌀한 기운이 도는 것이 아무래도 눈이 내릴 것 같았다.

파리 주재 영국대사관 법률 고문 변호사의 아들로 태어났다. 8세 때 어머니가 사망하고 2년 후 아버지마저 사망하자 영국에 있는 숙부 밑에서 성장했다. 캔터베리에 있는 킹스 스쿨에 들어갔으나 도중에 그만두고 독일로 건너가 하이델베르크대학에서 문학과 철학을 공부했다. 런던으로 돌아온 뒤에는 세인트토머스 의학교에서 자격증을 취득하고 병원에서 일했다. 1897년 첫 소설 《램버스의 라이자》가 큰 성공을 거두면서 작가가 되었다. 1907~1908년 희곡 4편이 런던 4개 극장에서 동시에 공연되면서 이름을 떨쳤고, 1915년 《인간의 굴레》를 출간했다. 제1차 세계대전 때는 군의관으로 근무하다가 첩보원이 됐으며, 1917년에는 혁명 하의 러시아에 잠입해 활약하기도 했다. 화가 고갱의 전기에서 암시를 얻어 쓴 소설 《달과 6펜스》로 작가로서의 지위가 절정에 달했다. 사망할 때까지 프랑스 남부에 정착해 살았다.

《인간의 굴레(Of Human Bondage)》

제1차 세계대전 직전인 1915년 완성한 장편소설. 작가 자신의 자전적 색채가 짙다. 필립이라는 기형아이자 평범한 한 시민의 유년 시절부터 30세까지의 생을 그렸다.

흐린 하늘에 먼동이 트기 시작했다. 유모가 아직 잠이 덜 깬 필립을 안고 병석에 누워 있는 어머니 곁으로 데리고 갔다. 어머니는 필립에게 키스를 하면서 앞으로 누가 이 애를 키울까 하는 걱정 어린 눈으로 아들을 들여다보았다. 뺨을 만지고 손가락과 발가락을 만져보고는 흐느껴 울기 시작했다. 필립은 다른 곳으로 옮겨졌고, 어머니는 사내아이를 분만하다가 죽고 만다. 필립이 유모를 따라 다시 집으로 돌아온 것은 어머니 장례식을 치른 후였다. 필립은 떨어지기 싫은 유모를 떠나 목사인 큰아버지를 따라간다.

《달과 6펜스》
(1919)

✳
첫 문장

찰스 스트릭랜드를 처음 만났을 때, 나는 솔직히 말해서 그가 여느 사람과 다른 인간이라는 인상은 조금도 받지 않았다. 하지만 지금에 와서 그의 위대함을 부정하는 사람은 별로 없을 것이다.

루쉰

* * *

"혁명이란 아무도 죽이지 않고 살리는 일이다."_루쉰

그는 우선 상대방을 보아 어눌한 자에게는 욕설을 퍼부었으며, 자기보다 힘이 좀 약한 것 같으면 때리기도 했다. 그럼에도 어찌 된 노릇인지 아Q는 손해 볼 때가 더 많았다.

《아Q정전》중

《아Q정전》
(1923)

✳
첫 문장

내가 아Q에게 정전을 써주기로 마음먹은 것은 사실 한두 해
전의 일이 아니다.

중국 저장성 사오싱에서 태어났다. 본명은 저우수런(周樹人). 루쉰은 필명이다. 지주 집안 출신이었지만, 조부의 투옥과 아버지의 병사 등 연이은 불행으로 어렵게 성장했다. 1918년 첫 소설 《광인일기》를 발표하며 본격적인 창작 활동에 들어섰다. 1936년 지병인 결핵으로 고생하던 중 그해 10월 사망했다. 작품으로 《콩이지(孔乙己)》《약》《내일》《두발 이야기》《풍파》《고향》《백광(白光)》 등이 있다. 《광인일기》와 《아Q정전》은 중국 근대 문학의 출발점을 마련한 소설로 인기를 끌었다.

《아Q정전(阿Q正傳)》(1923)

주간지 〈신보부간(晨報副刊)〉에 1921년 12월 4일에서 1922년 2월 12일까지 연재됐다가, 1923년 루쉰의 첫 번째 창작집 《납함(吶喊)》에 수록된 작품이다. 소설을 발표할 때 루쉰(魯迅)이라는 필명을 사용했는데, 이 작품만은 빠런(巴人)으로 하고 있다. 20세기 초 신해혁명 전후의 소용돌이 속에서 무기력하고 비굴한 근성을 지닌 중국 민중의 일그러진 자화상을 해학적 웃음으로 그려낸 풍자소설이다.

청나라 말기. 한 마을에 아Q라는 남자가 있었다. 그는 강한 자에게 약하고 약한 자에게 강한 야비한 속성을 지녔다. 머리에 몇 군데 부스럼 자국이 있어 자주 놀림을 받는다. 건달들과 싸워 벽에 머리를 찧으면서도 매번 '사람이 벌레를 때린다'라고 자위한다. 마을 사람들에게 업신여김을 당하던 아Q는 신해혁명이 일어났다는 소문에 마을 사람들이 두려워하는 모습을 목격한다. 혁명이 뭔지 모르지만 마을 남자들을 응징할 수 있는 좋은 기회라고 생각하고 혁명가로 변신한다.

그들의 눈빛은 밖에 있던 사람들과 똑같았다. 생각만 해도 오
싹했다. 사람을 잡아먹는 그들이 나를 안 잡아먹으리란 법은
없다.

희망이란 본래 있다고도 할 수 없고, 없다고도 할 수 없다. 그것은 마치 땅 위의 길과 같은 것이다. 사실 땅 위에는 본래 길이 없었다. 걸어가는 사람이 많아지면서 길이 된 것이다.

토머스 하디

* * *

"한 남자의 침묵은 듣기에 좋다."_토머스 하디

오늘 밤에는 별이 없네요. 우리 둘의 영혼이 함께 하늘을 날아가면 좋겠어요. 죽은 후에도 우리가 만날 수 있을까요?

《테스》 중

《테스》
(1891)

✳
첫 문장

5월 하순 어느 날 저녁 한 중년 남자가 샤스턴에서 블레이크
모어(블랙무어라고도 부르는) 계곡 인근에 있는 말로트 마을의
집으로 걸어가고 있었다.

토머스 하디(Thomas Hardy, 1840~1928)

영국 잉글랜드 도싯 주 어퍼보컴프턴에서 태어났다. 16세에 도체스터의 건축사무소에 수습공으로 들어가 건축을 배웠고 16년 동안 일했다. 1867년 첫 소설인 《가난뱅이와 귀부인》을 썼고, 이를 대폭 수정해 1871년 《최후의 수단》을 출간했다. 직접 지은 도체스터의 저택에서 대표작 《테스》와 《이름 없는 주드》를 집필했다. 첫 부인 에마와 사별한 후 74세에 비서인 플로렌스 덕데일과 재혼했다. 그녀는 후에 《토머스 하디 전기》를 집필했다.

《테스(Tess)》

원제목은 《더버빌가의 테스(Tess of the D'Urbervilles)》. 〈그래픽〉 지에 연재됐다가 삭제나 수정된 부분을 보완해 단행본으로 출간했다.
테스는 쇠락한 귀족 가문의 딸로, 영국 시골의 가난한 집에서 태어났다. 테스는 귀엽고 똑똑했으나 운명은 모질었다. 가난 때문에 가정부로 취직하지만, 주인집 아들 알렉에게 처녀성을 빼앗기고 단 한 번의 관계로 사생아를 낳는다. 아이는 곧 숨지고 만다. 테스는 목사 아들 클레아를 만나 결혼식을 올리지만 테스의 어두운 과거를 알게 된 클레아가 충격을 받자, 말없이 클레아 곁을 떠난다. 알렉이 다시 나타났고, 테스는 못 이기는 척 알렉의 감언이설에 넘어가기로 했는데, 바로 그때 클레아가 나타났다. 클레아를 떠나보낸 뒤 테스는 알렉을 찔러 죽이고, 클레아의 뒤를 쫓아갔다. 그러나 테스가 클레아를 만났을 때, 그녀를 추격해온 경찰관들도 따라온다. 그 뒤 감옥 지붕 위에 테스의 죽음을 알리는 검정 깃발이 나부낀다.

✳
첫 문장

농부 오크는 웃을 때면 입꼬리가 귀에 닿을 듯 길게 늘어나고 눈은 작은 틈처럼 가늘어지며 눈가에 잡힌 주름이 얼굴 전체로 뻗어나가 마치 어린아이가 그린 아침 햇살을 연상시켰다.

✳
첫 문장

교사가 마을을 떠나고 있었다. 모두가 섭섭해하는 눈치였다.
크레스쿰의 방앗간 주인이 그가 가는 도시까지 물건을 실어
갈 수 있도록 작은 흰색 포장마차와 말을 빌려주었다.

샬럿 브론테

* * *

"적의를 품거나 잘못된 일을 마음속에 새기면서 보내기에는 인생이 너무 짧다." _샬럿 브론테

운다는 것은 네가 약하다는 뜻이 아니다. 태어났을 때부터 그것은 항상 네가 살아있다는 증거였다.

《제인 에어》 중

✳

첫 문장

그날은 산책이 가당치 않은 날씨였다. 우리는 오전 중 한 시간쯤 잎이 진 관목 사이를 서성거린 터였다.

영국 요크셔 주의 손턴에서 태어났다. 《폭풍의 언덕》을 쓴 에밀리 브론테의 언니. 셋째 딸로 태어났지만 두 언니가 폐렴 등으로 일찍 죽어 맏이 역할을 했다. 1846년 두 동생과 합작으로 시집 《커러, 엘리스, 액턴 벨의 시집(Poems by Currer, Ellis and Acton Bell)》(각각 세 자매의 필명)을 자비로 출간했다. 시집은 단 2부가 팔렸다고 한다. 1847년 《제인 에어》를 출간하면서 큰 명성을 얻었다. 이 시기에 여동생 에밀리와 앤, 남동생 브랜웰을 잃는다. 38세 때 결혼했지만 1년도 안 돼 세상을 떠났다.

《제인 에어(Jane Eyre)》(1847)

영국 문학 최초의 여성 성장소설로 평가받는다. 샬럿 브론테는 '커러 벨'이라는 남성 이름으로 이 소설을 발표했다. 19세기 빅토리아 여왕 시대의 엄격한 윤리관이 지배하고 있던 사회 분위기에서 여성이 썼다는 이유만으로 쏟아질 편견과 비난을 피하기 위해서였다.
주인공 제인 에어는 어릴 때 양친을 잃고, 숙모 리드 부인 댁에서 자란다. 제인은 집안도 용모도 혜택받지 못했다. 숙모는 제인을 귀찮게 여겼고, 제인이 고집 세고 품행이 좋지 않다는 이유로 기숙학교로 보낸다. 10살 때 로드 학교에 입학한 후, 학생으로 6년, 교사로 2년을 보낸다. 이후 제인은 로체스터 저택에 가정교사로 들어갔고, 로체스터와 약혼한다. 그런데 결혼을 앞두고 뜻하지 않게 저택의 비밀이 밝혀졌다. 제인은 로체스터가에 때때로 나타난 미친 여자가 로체스터 아내라는 사실을 알게 되면서 저택을 나온다. 제인은 몇 해 만에 로체스터 저택을 다시 찾았다. 거기서 로체스터의 미친 아내는 저택에 불을 지르고 창에서 뛰어내려 죽었으며, 로체스터는 장님이 됐다는 소식을 듣는다. 제인은 농장에 몸을 숨기고 있는 로체스터를 찾아내 결혼한다.

제가 가난하고 어리석고 평범한 여자라고 해서 감정도 영혼도 없는 줄 아시나요? 저도 당신과 똑같은 감정과 영혼을 가진 인간이에요.

에밀리 브론테

* * *

"사랑은 떠나지 않는다. 그저 다른 모습으로 남아있을 뿐이다."
_에밀리 브론테

저 보잘 것 없는 남자가 온 힘을 다 기울여서 80년 동안 사랑
한다 한들 나의 하루치 분량만큼도 사랑하지 못할 것이다.

《폭풍의 언덕》 중

✳

첫 문장

1801년 - 집주인을 찾아갔다가 막 돌아오는 길이다. 이제부터 사귀어가야 할 그 외로운 이웃 친구를. 여긴 확실히 아름다운 고장이다.

에밀리 브론테(Emily Jane Bronte, 1818~1848)

영국 요크셔 주의 손턴에서 태어났다. 필명은 엘리스 벨(Ellis Bell). 《제인 에어》를 쓴 샬럿 브론테의 동생. 문학에 조예가 깊은 국교회 목사인 아버지 페트릭 브론테의 영향을 받아 브론테 남매들은 10대 초반에 공상 이야기를 산문과 시로 엮기 시작했다. 아버지가 요크셔의 황량한 벽지의 목사관(현재 브론테박물관)으로 전근하게 돼 그곳에서 자랐다. 1842년 에밀리는 샬럿과 함께 벨기에의 수도 브뤼셀의 여학교에 유학했다. 에밀리는 시에 재능이 뛰어났으나 시집이 별다른 반응이 없자 소설 창작에 매진했다. 1847년 《폭풍의 언덕》을 출간했지만 당시에는 평이 좋지 못했다. 폐결핵에 걸려 30세에 생을 마감했다.

《폭풍의 언덕(Wuthering Heights)》(1847)

에밀리 브론테가 죽기 1년 전에 발표한 유일한 소설. 셰익스피어의 《리어왕》, 멜빌의 《모비 딕》과 함께 영어로 쓴 3대 비극의 하나로 꼽힌다. 집시 태생인 부랑아 히스클리프는 폭풍의 언덕에 있는 언쇼 일가에게 구출돼 성장해간다. 언쇼가 죽고 아들인 힌들리가 대를 잇게 되자, 두 사람은 사사건건 충돌했고, 힌들리는 히스클리프를 학대한다. 학대한 이유 중 하나는 힌들리의 누이동생 캐서린에게 히스클리프가 호의를 가지고 있다는 것이었다. 히스클리프는 분노를 가슴에 품고 폭풍의 언덕을 떠난다. 히스클리프가 폭풍의 언덕으로 되돌아왔을 때 캐서린은 에드거와 결혼해 있었다. 복수심에 불탄 히스클리프는 캐서린이 딸 캐시를 낳을 때 캐서린을 죽게 만들었다. 또 캐시와 불구인 자기 아들을 결혼시킨다. 그러나 히스클리프의 아들은 곧 죽는다. 언쇼 일가와 에드거 일가를 몰락시키려는 계획이 실패로 돌아가자, 히스클리프는 죽은 캐서린의 망령과 더불어 살게 된다. 결국 그녀의 환상을 보면서 죽는다.

✳

본문 중

내가 얼마나 사랑하는지 걔가 절대로 알면 안 돼. 히스클리프
가 잘 생겼기 때문이 아니야, 넬리. 나보다도 더 나 자신이기
때문이야. 우리의 영혼이 무엇으로 만들어졌든 걔의 영혼과
내 영혼은 같아.

세르반테스

* * *

"한 통의 소금을 나누어 먹었을 때라야 우리는 비로소 그 친구를 알 수 있다."_세르반테스

많이 걷고 많이 읽은 자는, 많이 보고 많이 알게 된다.

《돈키호테》 중

《돈키호테》

그다지 오래되지 않은 옛날, 이름까지 기억하고 싶진 않은 라
만차 지방의 어느 마을에 창꽂이에 꽂혀 있는 창과 낡아빠진
방패, 야윈 말, 날렵한 사냥개 등을 가진 시골 귀족이 살고 있
었다.

미겔 데 세르반테스 사아베드라(Miguel de Cervantes Saavedra, 1547~1616)

본명은 미겔 데 세르반테스. 스페인의 수도 마드리드 인근의 알칼라 데 에나레스에서 태어났다. 1570년 스페인 군대에 보병으로 입대, 이듬해 레반토 해전에 참가해 가슴과 왼팔에 부상을 입었다. 이탈리아 각지를 돌아다니면서 르네상스 말기의 문화에 심취했다. 1575년 제독의 감사장, 나폴리 총독의 추천장을 가지고 귀국 도중 해적들에게 습격당해 알제리로 끌려가 5년간 노예로 살았다. 1585년 처녀작 목동소설 《라 갈라테아》를 출판해 고료를 받지만 일련의 작품들이 아무런 반응을 얻지 못하자 문필 생활을 중단하고 세비야의 곡물 상점에서 일하며 지낸다. 1605년 출간한 《돈키호테》 1편으로 세상의 갈채를 받았으나 여전히 가난한 생활에서 벗어나지 못했다. 《돈키호테》 2편 출간 전, 중단편 12편을 모은 《모범소설집》(1613), 시 〈파르나소로의 여행〉(1614), 희곡 《신작 희곡 8편과 막간극 8편》(1615) 등을 발표했다. 1615년 《속편 돈키호테》를 발표했고, 1616년 세상을 떠났다. 이듬해 소설 《페루시레스와 시히스문다의 고난》이 유작으로 출간됐다.

《돈키호테(Don Quixote)》

정식 제목은 《재기 발랄한 기사 라만차의 돈키호테》다. 반종교 개혁운동과 합스부르크 절대왕조의 통치 아래 있던 스페인에서 자유롭게 작품을 쓸 수 없었던 세르반테스는 돈키호테의 광기를 통해 당시 사회를 비판했다.

17세기경 스페인의 라만차 마을에 사는 한 신사가 한창 유행하던 기사 이야기를 탐독한 나머지 정신 이상을 일으켜 스스로 돈키호테라고 이름을 붙인다. 그는 같은 마을에 사는 소작인 산초 판사를 시종으로 데리고 무사 수업에 나아가 여러 가지 모험을 겪는다. 산초 판사는 머리는 약간 둔하지만 수지타산에는 빠른 똥보였다. 돈키호테는 환상과 현실이 뒤죽박죽이 되어 기상천외한 사건들을 몰고 다닌다.

《돈키호테》

✳
본문 중

이룰 수 없는 꿈을 꾸고 싸워 이길 수 없는 적과 싸웠으며, 이룰 수 없는 사랑을 하고 잡을 수 없는 저 별을 잡으려 했다.

셰익스피어

* * *

"있다고 다 보여주지 말고, 안다고 다 말하지 말고, 가졌다고 다 빌려주지 말고, 들었다고 다 믿지 마라."_셰익스피어(《리어왕》중)

이걸 다 마신 건가요? 저를 위해 한 방울이라도 남겨주시지….

《로미오와 줄리엣》중

《로미오와 줄리엣》
(1597)

첫 문장

이 극이 벌어지는 아름다운 베로나에 명망이 엇비슷한 두 가
문이 있었는데 오래 묵은 원한으로 새 폭동을 일으켜 시민 피
로 시민 손을 더럽히게 되었도다.

영국 잉글랜드의 작은 시골 마을인 스트랫퍼드 어폰 에이번에서 태어났다. 상공업에 종사하던 아버지의 사업 실패로 13세 때 학업을 포기했고, 1582년 18세 때 8년 연상인 앤 해서웨이와 결혼했다. 주로 성경과 고전을 통해 읽기와 쓰기를 배웠다. 1590년을 전후해 런던으로 이주, 배우와 극작가로 활동하며 경력을 쌓기 시작했다. 얼마 지나지 않아 당대 지존의 극작가로 자리매김했다. 1590년대 초반에 집필한 《타이터스 안드로니커스》《헨리 6세》《리처드 3세》 등이 런던 무대에서 상연됐다. 특히 《헨리 6세》는 공전의 히트를 기록했다. 1594년 궁내부장관 극단의 전속 극작가로 임명되기도 했다. 1595년 《한여름 밤의 꿈》으로 호평을 받았고, 《베니스의 상인》《줄리어스 시저》 등이 연이어 탄생했다. 《로미오와 줄리엣》으로 본격적인 비극 작품을 쓰기 시작해 《햄릿》《오셀로》《리어왕》《맥베스》 등의 4대 비극을 완성했다. 비극과 희극이 뒤섞인 비희극으로 《폭풍우》가 있다.

《로미오와 줄리엣(Romeo & Juliet)》

창작은 1595년경, 초판은 1597년에 발행했다. 1599년 발행한 4절판을 표준판으로 삼는다. 셰익스피어 4대 비극과 함께 잘 알려진 작품이다. 이탈리아 베로나의 두 명문인 캐플릿가와 몬태규가는 원수지간이다. 몬태규가의 아들 로미오는 캐플릿가의 외동딸인 줄리엣을 보고 첫눈에 반해 사랑에 빠진다. 둘은 영원히 함께할 것을 맹세하고, 신부 로렌스의 주례로 비밀 결혼식을 올린다. 그러나 뜻하지 않은 사건으로 로미오는 줄리엣의 사촌 오빠 티볼트를 죽이게 되고 베로나에서 추방당한다. 그 후 팰리스 백작과의 결혼을 독촉받은 줄리엣은 결혼식 전날 수면제를 먹고 죽은 척한다. 되돌아온 로미오는 줄리엣이 진짜 죽은 줄 알고 팰리스 백작을 죽이고 자신도 독약을 먹고 자살한다. 잠에서 깨어난 줄리엣은 죽은 로미오를 보고 단검으로 자신의 가슴을 찔러 목숨을 끊는다.

광채가 난다고 해서 모두 금은 아니다.

《햄릿》
(1604)

✳
본문 중

사느냐 죽느냐 그것이 문제로다. 어느 게 더 고귀한가. 난폭한 운명의 돌팔매와 화살을 맞을 건가. 아니면 무기 들고 고난의 바다에 대항하여 싸우다가 끝장을 내야 하는 건가.

✳
본문 중

약한 자여, 그대의 이름은 여자이다.

✻
본문 중

빛나는 칼은 칼집에 넣어라. 그렇지 않으면 밤이슬을 맞아 녹슬게 된다.

《오셀로》

✳
본문 중

각하, 질투를 조심하십시오. 그놈은 녹색 눈을 가진 괴물인데 마음속에 자리잡고 앉아 사람을 비웃으면서 갉아먹곤 합니다.

《오셀로》

본문 중

명예란 허무한 군더더기예요. 공로가 없어도 때로는 수중에
들어오지만 죄를 안 져도 없어질 때가 있거든요.

《맥베스》
(1605~1606)

✳
본문 중

눈에 보이는 무서움 같은 것은 마음으로 그리는 무서움에 비하면 아무것도 아니다.

✳
본문 중

마음의 만족을 얻은 사람은 그것만으로 충분한 보수를 받았다고 할 수 있다.

《폭풍우》
(1611)

✳

마지막 문장

우리의 잔치는 이미 끝났다.

* 이를 끝으로 더 이상 작품을 쓰지 않았다.

스탕달

* * *

"사랑에는 한 가지 법칙밖에 없다. 그것은 사랑하는 사람을 행복하게 만드는 것이다."_스탕달

살았다. 썼다. 사랑했다.

생전에 써놓은 스탕달의 묘비명

베리에르라고 하는 작은 도시는 프랑슈 콩테 지방에서 가장 예쁜 곳의 하나로 통할 만하다.

스탕달(Stendhal, 1783~1842)

프랑스 동남부 그르노빌에서 태어났다. '스탕달'은 필명, 본명은 마리 앙리 벨(Marie Henri Beyle)이다. 발자크와 함께 19세기 프랑스 소설 거장으로 평가받는다. 7세 때 어머니를 잃고 불우한 소년 시절을 보냈다. 16세에 나폴레옹 군에 입대했으나, 1814년 나폴레옹이 추방되자 군대에서 나왔다. 각지를 여행하면서 소설·평론·여행기 등을 썼다. 자신처럼 아무것도 구속받지 않고, 행복을 좇는 정열적인 주인공이 등장하는 소설을 주로 썼다. 독특한 연애관에 기초한 소설 《아르망스》로 문단에 이름을 알렸다. 생전에 이탈리아어로 '밀라노인 베일레, 살았다, 썼다, 사랑했다'라는 묘비명을 준비해두었고, 뇌출혈로 사망했다.

《적과 흑(Le Rouge et le Noir)》

부제는 '1830년대사(年代史)'다. 왕정복고 시대의 귀족, 성직자, 부자 등 프랑스 사회의 특권계급을 날카롭게 비판했다. '적과 흑'이라는 제목은 당시 1830년대 지배계급을 상징적으로 나타낸 것으로, 적은 '군복' 흑은 '사제복'의 색깔을 의미한다.

청년 쥘리엥은 평소 출세에 대한 욕심이 많았다. 쥘리엥은 시장 레나르 집의 가정교사로 들어가 레나르 부인과 불륜을 맺는다. 둘 사이의 염문이 알려지자 쥘리엥은 그 집을 떠난다. 쥘리엥은 후작의 딸 마틸드를 임신시키고 결혼을 하려던 즈음 레나르 부인이 쥘리엥의 관계를 폭로하는 편지를 보내면서 결혼이 무산된다. 귀족 딸과의 결혼으로 얻으려 했던 신분상승의 꿈이 좌절된 쥘리엥은 레나르 부인을 저격해 부상을 입힌다. 레나르 부인은 옥중에 있는 쥘리엥을 찾아와 밀고 편지는 본의가 아니었다고 고백한다. 이후 쥘리엥은 진정한 사랑에 눈을 뜬다.

1796년 5월 15일, 보나파르트 장군은 저 젊고 활기 있는 군대 선두에 서서 밀라노에 입성했다. 그 군대는 방금 전 로디교(橋)를 건너 들어오면서, 시저와 알렉산더 이래 수세기가 지나서야 그 후계자가 등장했음을 세상에 알렸다

호손

✳ ✳ ✳

"하나의 꿈이 수천 개 현실보다 더 강력한 힘을 가지고 있다."_호손

이제 사람들은 주홍 글자 'A'를 본래의 뜻대로 해석하려 들지 않았다. 그들은 주홍 글자가 '능력(able)'을 뜻한다고 했다.

《주홍 글씨》 중

✳

첫 문장

거무스름한 빛깔의 옷차림을 한 사내들과 아낙네들이 뒤섞여
어느 목조 건물 앞에 모여 있었다.

너새니얼 호손(Nathaniel Hawthorne, 1804~1864)

미국 매사추세츠 주 항구도시 세일럼에서 태어났다. 메인 주에 있는 보든대학에 입학하지만, 학업에 집중하지 못하고 작가의 길을 모색했다. 졸업 후, 고향에서 여러 잡지에 단편소설을 기고하다가 1828년 익명으로 첫 장편소설 《판쇼》를 자비로 출간했지만 별 반응을 얻지 못했다. 1837년 우화적 단편집 《두 번 들은 이야기》가 호평을 받아 작가로 이름을 알렸다. 화가인 소피아 피바디와 결혼한 후 세일럼으로 돌아가 두 번째 단편집 《옛 목사관의 이끼》(1846)를 출간했다. 1850년 대표작 《주홍 글씨》를 발표하면서 작가로서의 위치를 확고히 했다. 허먼 멜빌은 호손의 천재성에 감탄해 자신의 작품 《모비 딕》을 호손에게 헌정했다. 작품으로 《큰 바위 얼굴》《일곱 박공의 집》《대리석의 목양신》《낡은 목사관의 이끼》《눈 인형》 등이 있다. 1864년 여행 중 플리머스에서 사망했다.

《주홍 글씨(The Scarlet Letter)》

17세기 청교도 식민지에서 일어난 간통사건에 대해 다루고 있다.
17세기의 미국 뉴잉글랜드. 헤스터는 간음 혐의로 재판을 받는다. 판사들은 간음한 상대를 추궁하지만, 헤스터는 끝까지 답변을 거부한다. 간음을 뜻하는 'A' 낙인이 찍히고 사람들의 구경거리가 되지만 그녀는 끝내 답하지 않는다. 헤스터는 삯바느질을 하며 딸과 단둘이 어렵게 살면서도 어려운 이웃을 돕는다. 그럼에도 이웃들의 반응은 냉담하기만 하다. 한편, 개신교 목사이자 헤스터의 간음 상대인 딤즈데일은 죄책감에 시달린다. 오랫동안 연락이 없었던 헤스터의 남편 칠링워스가 돌아오고, 칠링워스는 딤즈데일을 의심한다. 결국 딤즈데일은 사람들 앞에서 자신의 죄를 고백하고 그 자리에서 숨을 거둔다.

《큰 바위 얼굴》
(1850)

✳
첫 문장

어느 날 오후 해질 무렵, 어머니와 아들이 오두막 문간에 앉아 큰 바위 얼굴 이야기를 하고 있었다. 큰 바위 얼굴은 멀리 떨어져 있었지만 고개만 들면 햇빛을 받아 이목구비가 또렷하게 보였다.

《일곱 박공의 집》
(1851)

✳

첫 문장

우리 뉴잉글랜드의 어느 마을 뒷골목을 따라 반쯤 내려가다 보면, 그 주변의 여러 방향을 향하는 일곱 개의 뾰족한 박공이 있고 그 중간에 한 무더기의 거대한 굴뚝이 솟아 있는 빛바랜 목조 가옥이 서 있다.

허먼 멜빌

* * *

"사람들은 어려운 단어를 사용하면 어려운 것을 이해할 수 있다고
생각한다."_허먼 멜빌

모든 것을 파괴하지만 정복되지 않는 고래여! 그럴지라도
그대를 향해 나는 돌진한다.

《모비 딕》중

나를 이슈마엘*이라 불러라. 몇 해 전, 정확히 언제였는지는 따질 것 없이, 수중에 돈이 거의 떨어지고 뭍에서는 이렇다 할 흥미로운 일도 없어서, 당분간 배를 타고 나가 바다 쪽 세상이나 구경하자고 생각했다.

---

* 성서에 나오는 유대인의 시조 아브라함이 이집트인 하녀 하갈 사이에 낳은 아들 이스마엘의 영어식 발음.

미국 뉴욕에서 태어났다. 부족함 없는 유년 시절을 보냈으나, 아버지를 여읜 후 학업을 중단하고, 은행·상점의 잔심부름, 농장일, 학교 교사 등을 했다. 20세에 상선의 선원이 되어 영국의 리버풀까지 항해했고, 22세에 포경선 선원이 되어 남태평양으로 나갔으며, 1844년 군함의 수병이 되어 귀국했다. 이 경험이 주로 작품의 소재가 됐다. 1846년 포경선에서 탈주해 남태평양의 마르키즈 제도의 식인 마을에 살았던 기구한 경험을 그린 《타이피족(族)》(1846)을 발표하면서 작가 활동을 시작했다. 초기 소설들은 인기가 많았지만, 후기작들은 좋은 평가를 받지 못했다. 작품으로 《피에르 혹은 모호함》《빌리 버드》《오무》《마르디》《흰 재킷》《레드번》《필경사 바틀비》《이스라엘 포터》《사기술사》 등이 있다.

《모비 딕(Moby Dick)》

'Call me Ishmael'은 소설의 가장 매력적인 첫 문장 중 하나로 꼽는다. '모비 딕'이라는 머리가 흰 거대한 고래에게 한쪽 다리를 잃은 선장 에이헙의 복수담이다. 살아남은 선원 이슈마엘이 전하는 형식의 소설이다. 영화로도 만들어졌다. 발표 당시에는 진가를 인정받지 못했으나, 20세기에 재평가되면서 세계문학의 걸작으로 꼽는다. 화자 이슈마엘은 작가인 멜빌 자신이라고 여겨지고 있다.

포경선 피쿼드호의 선장 에이헙은 자신의 발을 자르고 의족을 신게 한 백경(白鯨) 모비 딕에 대한 복수심으로 모비 딕을 잡기 위해 바다를 누비고 다닌다. 대서양에서 희망봉을 돌아 인도양으로, 태평양으로 항해를 계속한다. 어느 날 모비 딕이 나타나고 3일 동안 사투를 벌인 끝에 에이헙은 작살로 모비 딕을 명중시켰다. 그러나 모비 딕에게 끌려 에이헙 자신도 바다 밑으로 빠져들어가고 피쿼드호도 함께 침몰한다.

《피에르 혹은 모호함》
(1852)

✳
첫 문장

시골에서는, 도시에서 온 체류자에 불과한 사람이 아침 일찍 들녘으로 걸어 나갔다가 초록빛과 금빛이 어우러진 세계의 몽환 같은 모습에 불가사의하게 넋을 빼앗기는, 그런 이상한 여름날 아침들이 있다.

루이스 캐럴

* * *

"어제로 돌아갈 수는 없다. 왜냐하면 나는 어제와 다른 사람이 되었기 때문이다." _루이스 캐럴

만약 여러분이 지금 어디를 향해 가고 있는지 모른다면, 어느 길을 택하든 목적지에 도달할 것입니다.

《이상한 나라의 앨리스》 중

✳

첫 문장

앨리스는 강둑 위에서 하릴없이 언니와 함께 놀고 있는 것이 점점 지겨워졌다. 언니가 읽고 있는 책을 한두 번 힐끗 들여다보기도 했지만 책에는 아무런 그림도 대화도 없었다.

루이스 캐럴(LewisCarroll, 1832~1898)

영국 체셔 테어스베리에서 태어났다. 일생을 독신으로 살았다. 여성스러운 이름이지만 실제는 남성. 본명은 찰스 루트위지 도즈슨(Charles Lutwidge Dodgson)이다. 루이스 캐럴은 필명이다. 11명의 자녀들 중 셋째. 1851년 옥스퍼드 크라이스트 처치 칼리지에 진학해 수학, 신학, 문학을 공부했다. 1855년부터 옥스퍼드대학 수학과 교수로 재직했다. 《이상한 나라의 앨리스》와 속편인 《거울 나라의 앨리스(Through the Looking-Glass and What Alice Found There)》(1871) 등의 작품으로 단숨에 가장 유명한 아동문학 작가로 부상했다.

《이상한 나라의 앨리스(Alice's Adventures in Wonderland)》(1865)

캐럴은 옥스퍼드대학 시절 헨리 리델 학장의 집을 방문해 세 자매 로리나 리델, 앨리스 리델, 에디스 리델을 만난다. 1862년 아이시스 강으로 피크닉을 갔을 때 리델 자매에게 들려준 구연동화를 바탕으로 쓴 것이 동화 《이상한 나라의 앨리스》다. 원본은 1864년 앨리스 리델에게 직접 선물한 《땅속 나라의 앨리스(Alice's Adventures Under Ground)》로, 이를 '루이스 캐럴(Lewis Carrol)'이라는 필명으로 출간했다.
앨리스는 책을 읽는 언니 옆에서 깜빡 잠이 든다. 앨리스는 회중시계를 보는 토끼를 따라 이상한 나라로 들어가 우습고 재미있는 여러 가지 사건들과 맞닥뜨린다. 담배 피우는 애벌레, 가발 쓴 두꺼비, 체셔 고양이 등 희한한 동물들과 이야기를 나누고 춤을 추고 이상한 나라 재판에 참석한다. 트럼프 나라에 가서 여왕과 함께 크로케 경기도 하고, 안고 있던 아기가 돼지로 변하는 황당한 일도 겪는다. 이상한 나라에는 기쁨도 있고 슬픔도 있다. 터무니없는 오해에다 억울한 누명 등 다양한 일들이 한없이 뒤죽박죽 얽혀 있다. 이상한 인물들과 신기한 동물들이 나와 시끄럽게 떠들면서 앨리스는 깨어난다.

✳

앨리스는 말을 이었다. "여기서 어느 길로 가야 하는지 가르쳐 줄래?" 고양이가 대답했다. "그건 네가 어디로 가고 싶은가에 달려 있어."

펄 벅

＊ ＊ ＊

"내 안에는 나 혼자 살고 있는 고독의 장소가 있다. 그곳은 말라붙은 당신의 마음을 소생시키는 단 하나의 장소다."_펄 벅

그 땅에는 내가 보낸 반평생이 묻혔다. 어쩌면 그 이상의 것을 묻고 오는지도 모른다. 내 몸의 반쪽을 묻고 오는 것 같구나. 그렇다. 이제는 옛날의 왕릉이 아니다.

《대지》 중

✳

첫 문장

왕룽이 결혼하는 날이었다.

미국 웨스트버지니아 주의 힐즈버러에서 태어났다. 선교사인 아버지를 따라 15살 때까지 중국에서 성장하며 중국의 생활상과 역사·문화를 접했다. 학업을 위해 미국으로 건너갔다가 다시 중국으로 돌아와 1917년 농업기술박사이자 선교사였던 미국인 존 로싱 벅과 결혼했다. 1920년부터 난징대학 교수로 재직했으며, 1924년 잠시 미국으로 건너가 코넬대학에서 석사 학위를 받았다. 1930년 처녀작 《동풍서풍》을 발표하며 문단에 데뷔했다. 왕룽 일가의 역사를 그린 3부작 《대지》로 명성을 얻었다. 한국의 구한말에서 해방까지를 배경으로, 한 가족의 4대에 걸친 가족사를 담아낸 《살아있는 갈대》를 출간했다. 1931년에 퓰리처상을, 1938년에 노벨문학상을 수상했다.

《대지(The Good Earth)》

1932년 《대지》의 속편인 왕룽의 세 아들 왕따·왕얼·왕후의 일대기를 담은 《아들들(Sons)》을 발표하고, 1935년 왕룽의 손자 세대의 이야기로 《분열된 일가(A House Divided)》까지 포함해서 3부작을 엮은 《대지의 집(House of Earth)》을 완성했다.

중국 청나라 말기 중화민국이 태동하던 시대가 배경이다. 농부인 왕룽은 황부자댁의 하녀인 오란을 아내로 맞이한 후부터 연이은 풍년 덕에 모은 돈으로 땅을 산다. 부자가 된 왕룽은 아이들을 학교에 보내고, 마을이 흉년이었을 때 영양부족으로 백치가 된 딸도 편안한 환경에서 자랄 수 있게 한다. 오란은 남편의 무관심 속에서 살림만 하다가 왕룽이 첩을 들이자 화병이 나서 죽는다. 노인이 된 왕룽은 장성한 아들들에게 땅을 팔지 말 것을 부탁한다. 아들들은 말로만 순종하는 척하고, 손자들도 할아버지가 신해혁명으로 바뀐 세상의 흐름을 모른다면서 무시한다.

《아들들》
(1932)

✳
첫 문장

왕룽은 죽음을 눈앞에 두고 그의 땅 한가운데 있는 작고 어둠 침침한 낡은 움막집 방에 누워있었다.

《살아있는 갈대》
(1963)

✳
첫 문장

단기 4214년, 서기로는 1881년이었다. 수도 한양의 어느 봄
날, 이제 막 태어날 아기를 위해서는 더없이 좋은 계절이요,
화창한 날씨였다.

카잔차키스

* * *

"빛은 무엇을 의미하는가? 온갖 어둠을 응시하는 것."_카잔차키스

나는 혼자가 아니다. 낮 동안 빛이라는 위대한 힘이 내 편
이 되어 싸우고 있다.

《그리스인 조르바》 중

✳
첫 문장

항구 도시 피레에프스에서 조르바를 처음 만났다. 나는 그때 항구에서 크레타 섬으로 가는 배를 기다리고 있었다.

니코스 카잔차키스(Nikos Kazantzakis, 1883~1957)

그리스 크레타 섬의 수도인 이라클리온(옛 이름 메갈로카스트로)에서 태어났다. 1902년 아테네로 건너가 아테네대학에서 법학을 배웠고, 1907년 희곡 《동이 트면》으로 작가상을 수상하며 주목을 받았다. 그해 10월 프랑스로 건너가 파리에서 앙리 베르그송과 니체 철학을 공부했다. 1914년 이후 유럽과 북아프리카 전역을 여행했다. 1917년 펠로폰네소스에서 기오르고스 조르바와 함께 탄광사업을 했다. 사업은 망했지만 조르바와의 추억을 《그리스인 조르바》라는 소설로 완성했다. 1919년 베니젤로스 총리를 도와 공공복지부 장관으로 일하기도 했다. 두 차례(1951·1956년) 노벨문학상 후보로 지명됐다.

《그리스인 조르바(Vios kai politia tou Alexi Zormpa)》

원제는 《알렉시스 조르바의 삶과 모험》. 주인공 알렉시스 조르바는 카잔차키스가 고향 크레타 섬에 머물던 1917년, '기오르고스 조르바'와의 만남과 발칸전쟁에 참전했던 체험을 투영해 재창조한 인물이다.
젊은 지식인인 '나'는 60대의 그리스인 '알렉시스 조르바'를 아테네의 피레에프스 항구에서 처음 만난다. '나'는 유산으로 상속받은 탄광사업을 조르바와 같이하기로 하고 크레타 섬에서 함께 생활한다. 현재에 집중하며 살아가는 조르바의 모습은 책 속의 진리에만 갇혀 있던 '나'에게 생생한 삶의 체험이라는 자극을 준다. 한편 조용하고 평화로운 마을처럼 보이는 크레타 섬에는 속물들이 살고 있었다. 결국 집단적 광기와 침묵이 공존하는 마을에서의 사업은 실패로 끝나고 빈털터리가 된다. 조르바는 낙담은커녕 양고기를 굽고 포도주를 마시며 시르타키 춤을 춘다. 조르바로 인해 '나' 역시 춤추는 여유 속에서 해방감을 느낀다. 이후 둘은 크레타 섬을 떠나 각자의 길을 찾아간다. 훗날 조르바가 죽은 뒤 그가 분신처럼 여겼던 산투르 악기를 남긴다는 내용의 편지가 '나'에게 도착한다.

《그리스인 조르바》

✳
본문 중

나는 어제 일어난 일은 생각 안 합니다. 내일 일어날 일을 자
문하지도 않아요. 내게 중요한 것은 오늘, 이 순간에 일어나
는 일입니다.

조지 오웰

＊ ＊ ＊

"부패한 정치인, 사기꾼, 도둑, 반역자를 선출하는 국민은 피해자가
아니라 공범이다."_조지 오웰

모든 동물은 평등하다. 그러나 어떤 동물은 다른 동물들
보다 더 평등하다.

《동물농장》중

《동물농장》
(1945)

✳
첫 문장

그날 밤, 메이너 농장의 주인 존스는 닭장 문을 걸어 잠그기까진 했으나 술에 너무 취해서 닭장의 작은 문을 닫는 것은 잊고 말았다.

인도 벵갈에서 공무원의 아들로 태어나 영국에서 자랐다. 본명은 에릭 아서 블레어 (Eric Arther Blair). 1933년 첫 작품 르포르타주 《파리와 런던의 밑바닥 생활》을 발표했다. 이때부터 '조지 오웰'을 필명으로 사용했다. 1935년 식민지 백인 관리의 잔혹상을 묘사한 소설 《버마시절》로 문학계에서 인정을 받았다. 1943년부터 《동물농장》을 집필하기 시작해 1945년 8월에 출간했다. 1946년 스코틀랜드 서해안에 있는 주라 섬에 머물며 《1984년》을 집필했다.

《동물농장(Animal Farm)》(1945)

인간에게 착취당하던 동물들이 인간을 내쫓고 자신들의 동물농장을 세운다는 이야기다. 1917년 소련 볼셰비키 혁명 이후 1943년 스탈린 시대까지의 정치 상황을 소재로 삼았다.

존스 씨가 소유하고 있는 메이너 농장에서 어느 날 밤 동물들이 모여 회의를 연다. 늙은 수퇘지 메이저의 이상야릇한 꿈에 관한 이야기를 듣고, 인간을 추방해야 한다는 결의를 다진다. 혁명을 주동했던 메이저가 죽고, 젊은 수퇘지 나폴레옹이 동물들의 중심이 된다. 6월에 접어들자 반란이 일어나게 되고, 농장은 '동물농장'으로 이름을 바꿨다. 동물농장은 여러 해에 걸쳐 번영을 계속했다. 그러나 돼지와 개를 제외한 많은 동물들이 배고프다는 하소연을 하기 시작했다. 나폴레옹은 인간과 함께 잔치를 베풀며 돼지와 인간 사이의 협력이 필요함을 역설했다. 그리고 농장의 이름을 원래대로 바꾼다.

《동물농장》

마지막 문장

누가 돼지고 누가 인간인지 어느 것이 어느 것인지 이미 분간
할 수 없었다.

《1984년》
(1949)

✳
첫 문장

4월, 화창하고 쌀쌀한 날이었다. 괘종시계가 13시를 알렸다. 윈스턴 스미스는 차가운 바람을 피하려고 가슴에 턱을 처박고 승리 맨션의 유리문으로 재빨리 들어갔다.

빅토르 위고

* * *

"큰 슬픔은 용기로 맞서고, 작은 슬픔은 인내로 극복하라. 그리고 힘든 하루 일을 마친 후에는 평화롭게 잠들어라. 나머지는 신이 알아서 할 것이다."_빅토르 위고

누군가를 사랑하는 것은 신의 얼굴을 보는 것이다.

《레 미제라블》 중

1815년, 샤를 프랑수아 비앵브뉘 미리엘 씨는 디뉴의 주교였다. 그는 일흔다섯쯤 된 노인으로, 1806년부터 디뉴의 주교 자리에 있었다.

빅토르 마리 위고(Victor-Marie Hugo, 1802~1885)

프랑스 브장송에서 태어나 나폴레옹 휘하의 장군이었던 아버지를 따라 이탈리아, 스페인 등 유럽 각지를 옮겨 다니며 성장했다. 일찍부터 문학에 뛰어난 재능을 보였으며, 일기에 "나는 샤토브리앙(다재다능한 문필가)이 아니면 아무것도 되지 않겠다."고 기록해둔 일화는 유명하다. 1819년 17세에 형 아베르와 함께 낭만주의 운동에 공헌한 평론지 〈르 콩세르바퇴르 리테레르〉를 창간하고, 20세에 1822년 시집《송가와 다른 시들》을 발표하며 계관시인의 자리에 올랐다. 1825년 23세에 위고는 프랑스 왕실로부터 작가로서의 공로를 인정받아 레지옹 도뇌르 기사 훈장을 받았다. 이후 희곡《크롬웰》(1827),《에르나니》(1830)를 통해 낭만주의 작가이자 자유주의자로서 대중의 주목을 받았다. 1831년《파리의 노트르담》을 출간하며 소설가로서 명성을 얻었다. 1843년 딸 레오포르딘이 남편과 함께 센강에서 익사하자, 비탄에 빠져 문필을 중단하고 정치에 관심을 쏟았다. 1845년 국왕 루이 필리프에 의해 상원의원에 선출돼 정치적 재기에 성공했고, 다수의 시집을 발표했다. 1848년 2월 혁명 이후는 공화주의자로 변신해 루이 나폴레옹(나폴레옹 3세)과 대립했고, 1851년 쿠데타 이후에는 브뤼셀에 망명했다. 파리에 돌아온 이후에 발표한 작품 대부분이 이 시기에 집필한 것이다. 1862년《레 미제라블》을 발표해 전 세계적인 명성을 얻었다. 1870년 9월의 쿠데타로 파리로 돌아와 이듬해 국회의원에 선출됐다. 말년에 살았던 파리의 엘로 거리는 위고의 80세 생일을 기념해 '빅토르 위고 거리'로 개명했다. 프랑스 국가 공로자가 있는 '판테온(Pantheon)'에 묘지가 있다. 대표작으로 시 〈오드와 발라드〉〈동방시〉〈가을 나뭇잎〉〈황혼의 노래〉〈마음의 소리〉〈빛과 그늘〉〈징벌시집〉〈정관시집〉〈여러 세기의 전설〉, 희곡《마리옹 드 로름》《왕은 즐긴다》《뤼 블라》《뷔르그라브》등이 있다. 이외에 소설《아이슬란드의 한》《바다의 노동자》《웃는 사나이》등도 있다.

작품이 최종 완성되기까지 10년 이상이 걸린 대작. 정의의 남자 장발장의 반생을 그리고 있다. '레'는 프랑스어로 'Les'인데, 영어로는 'The'의 의미다. 'Misérables'은 '비참한 사람', '불쌍한 사람', '불운한 사람'이라는 뜻.

가지치기 일을 하던 장발장은 배고픔에 빵을 훔친 죄로 감옥에 들어간다. 몇 번이나 탈옥을 시도한 탓에 출옥했을 때는 이미 40살을 훌쩍 넘겼다. 갈 곳이 없던 그는 주교관으로 향한다. 주교는 장발장을 따뜻하게 맞이해주었으나, 장발장은 주교의 신뢰를 배신하고 은식기를 훔쳐 달아난다. 장발장은 바로 잡혀 주교 앞에 끌려간다. 주교는 오히려 "식기는 내가 그에게 준 것이다."라고 말해 장발장을 감싼다. 감동을 받은 장발장은 정의심을 되찾는다. 장발장은 이름을 마들렌으로 바꾸고 공장을 경영해 큰 부자가 된다. 자기가 이룬 부로 마을과 사회에 기여하자, 많은 사람들이 그를 존경하게 됐고 급기야 시장이 된다. 한편 자베르 형사는 끈질기게 장발장을 추적한다. 제3의 인물이 장발장으로 오해받아 체포되자, 장발장은 자신이 진짜 장발장임을 밝히고 투옥된다. 모든 것이 원점으로 돌아간 것이다. 장발장은 탈옥해 판틴이 숨지고 남겨진 소녀 코제트를 찾아내 판틴과 약속한 대로 코제트를 맡아 기른다. 장발장과 코제트는 어느 수도원에 들어가 장발장은 정원사로 일하고, 코제트는 기숙생이 된다. 1832년 파리에서 폭동이 일어나고 장발장은 부상을 당한 코제트 연인 마리우스를 구한다. 형사 자베르의 목숨도 구해주지만, 인간애를 깨달은 자베르는 자살한다. 코제트와 마리우스가 결혼하자 장발장은 둘의 곁을 떠난다. 세월이 흐른 후 장발장은 코제트와 마리우스에게 자신의 일생을 들려주고 숨을 거둔다.

《사형수 최후의 날》
(1829)

첫 문장

사형수! 벌써 5주째 그 생각에 사로잡혀 있다. 홀로 그 생각과 끊임없이 마주하고, 불현듯 놀라 소스라치며, 점점 그 생각의 무게에 짓눌린다.

시테 섬과 대학과 장안으로 이루어진 삼중의 성내에서 모든 종들이 요란스럽게 울려 퍼졌다. 그 소리에 파리 사람들이 잠을 깬 지도 오늘로 꼭 348년하고도 여섯 달 열아흐레가 되었다.

뒤마

＊ ＊ ＊

"신이 인간에게 미래를 밝혀주실 그날까지 인간의 모든 지혜는 오직 다음 두 마디 속에 있다는 것을 잊지 마십시오. 기다려라! 그리고 희망을 품어라!"_뒤마

All for one and one for all!
모두는 하나를 위하여, 하나는 모두를 위하여!

《삼총사》 중

《삼총사》
(1844)

＊
첫 문장

1625년 4월의 첫 번째 월요일, 《장미 이야기》의 지은이가 태어난 묑 마을은 온통 야단법석이었다. 위그노(신교도)들이 몰려와 이곳을 제2의 라로셸＊로 만들어버리기라도 한 듯했다.

＊ 대서양에 면한 항구 도시로 신교도가 세력을 떨쳤던 곳.

프랑스 북부 데파르트망의 빌레르 코트레에서 태어났다. 250편이 넘는 작품을 썼다. 화려한 문체로 프랑스 문예 부흥을 묘사한 사극 《앙리 3세와 그의 궁정》(1829)이 대성공을 거두면서 인기 작가가 됐다. 그 후 《앙토니》(1831), 《킹》(1836) 등을 상연하며 위고, 비니와 더불어 가장 인기 있는 극작가로 활약했다. 이후 소설에 진력해 《삼총사》《몽테크리스토 백작》이라는 최고의 걸작을 내놓았다. 인세 수입이 막대했지만 모두 탕진하고 《춘희》 작가인 아들 뒤마2세 곁에서 생활하는 곤궁한 처지가 되기도 했다. 흔히 뒤마를 대(大)뒤마라고 하고, 아들을 소(小)뒤마라 부른다.

《삼총사(Les Trois mousquetaires)》

신문에 연재 후 단행본으로 재탄생해 세계 최초의 베스트셀러를 기록한 작품이다. 원래 희곡 《앙리 3세와 그 궁정》이라는 역사극이었는데, 뒤에 소설로 바꿨다. 달타냥은 삼총사에 포함되지 않는다.

스코뉴 시골 출신의 하급 귀족 달타냥이 총사가 되기를 꿈꾸며 혈혈단신 파리에 상경한다. 달타냥은 아버지가 써준 소개장을 들고 총사대장 트레빌을 찾아갔지만 첫날부터 일이 꼬여 의문의 사나이를 만나 소개장을 빼앗긴다. 이후 달타냥과 아토스, 표르토스, 아라미스 세 명의 총사는 추기경 리슐리의 권세와 음모에 대항해 종횡무진 활약을 펼친다.

젊은이는 그날로 당장 아버지한테 받은 선물 세 가지, 즉 은화 15에퀴와 조랑말 그리고 트레빌 씨에게 전할 편지를 가지고 집을 떠났다. 아버지의 충고는 그 세 가지 선물 위에 덤으로 얹어 가져갔다.

✳
첫 문장

1815년 2월 24일, 노트르담 드 라 가르드의 경비 초소에서는 스미르나, 톨리 에스테, 나폴리에서 돌아온 세 돛대의 파라온 호가 나타났다는 신호를 보내왔다.

스티븐슨

* * *

"매일 수확한 것으로 하루를 평가하지 말고, 심은 씨앗으로 평가하라."_스티븐슨

망자의 함 위에는 열다섯 사람. 얼씨구 좋다, 럼주를 마시자, 마시자. 그러면 나머지는 악마가 알아서 할지니. 얼씨구 좋다, 럼주를 마시자.

《보물섬》중

✳

첫 문장

대지주 트렐로니 씨와 의사 리브지 박사를 비롯한 많은 분들
이 내게 보물섬에 얽힌 이야기를 써보면 어떻겠냐고 권했다.
다만 섬의 위치를 밝히지 말라고 한 건, 거기에 아직 가져오
지 못한 보물이 남아있기 때문이었다.

로버트 루이스 배루어 스티븐슨(Robert Louis Balfour Stevenson, 1850~1894)

영국 스코틀랜드 에든버러에서 태어났다. 에든버러대학에서 공학과 법학을 공부했지만, 아버지의 반대를 무릅쓰고 작가를 꿈꿨다. 폐병을 앓게 되고, 아버지와의 불화가 심해지고, 고향의 청교도적 인습을 견딜 수 없어 프랑스로 떠났다. 요양을 위한 유럽 각지 여행은 많은 수필과 기행문을 쓰는 데 큰 도움이 됐다. 프랑스에 대한 인상을 《내륙 여행》과 《세븐 당나귀 여행기》 같은 여행기에 담았다. 파리에서 열세 살 연상의 미국인 페니 벤더그리프트 오즈본을 만나 결혼했다. 남태평양의 사모아 섬에 살면서 《허미스턴의 둑》을 집필하던 중 뇌일혈로 세상을 떠났다. 주요 작품으로 에세이집 《젊은이들을 위하여》, 소설 《명랑한 사람들》 《납치》 《지킬 박사와 하이드씨》 《검은 화살》 《발란트래 경》 등이 있다.

《보물섬(Treasure Island)》

의붓아들 오즈번이 가공으로 그린 섬 그림을 본 것이 계기가 돼 소설을 쓰기 시작, 1881~1882년 〈영 포크스(Young Folks)〉지에 연재했다. 처음에는 별로 인기가 없었으나 1883년 단행본으로 출간되자 독자들의 호평으로 스티븐슨의 출세작이 됐다.

주인공인 소년 짐 호킨스는 해적으로부터 보물섬 지도를 얻어 지주 트렐로니, 의사 리브지와 함께 보물섬을 찾아간다. 그러나 타고 있는 배의 요리사가 사실은 해적 롱 존 실버였다. 그들은 갖가지 시련을 겪은 끝에 보물을 찾아낸다.

✳
첫 문장

변호사 어터슨은 좀처럼 웃는 법이 없는 무뚝뚝한 사람이었
다. 대화를 나눌 때도 차갑고 말수가 적으며 감정을 드러내지
않고 어색한 태도를 보였다.

쥘 베른

* * *

"불가능한 모든 것은 가능해지기 위해 남아있는 것이다."_쥘 베른

바다에는 전제군주가 없지요. 어떤 지배나 권력도 이 바다 밑까지는 미치지 못합니다. 이곳에는 자주, 독립, 평화와 자유가 있습니다. 우리는 완전한 자유를 누리고 있습니다.

《해저 2만 리》중

《해저 2만 리》
(1870)

❉
첫 문장

1866년은 이상야릇한 사건으로 주목을 받았다. 그 사건은 설명되지도 않았고 설명할 수도 없는 현상이어서, 아직도 누구나 기억하고 있을 것이다.

쥘 베른(Jules Verne, 1828~1905)

프랑스 서부의 항구도시 낭트에서 태어나 어린 시절부터 바다와 배에 대한 낭만적인 환상을 키웠다. 1848년 고향을 떠나 파리로 이주했다. 처음에는 법률을 공부했으나, 문학에 심취해 변호사 아버지의 반대를 무릅쓰고 문필업으로 살아가기로 결심한다. 극작가를 꿈꿨으나 소설가로 전향했다. 평생 동안 80여 편의 작품을 남겼는데, 당시는 존재하지도 않았던 해저 모험, 북극 탐험, 우주여행 등 과학모험 소설을 썼다. 1863년 《기구를 타고 5주간》을 발표해 폭발적 인기를 얻었다

《해저 2만 리(Vingt mille lieues sous les mers)》(1870)

쥘 베른에게 'SF문학의 아버지'라는 명성을 안겨준 작품이다.

1866년, 바다에 괴생명체가 출몰한다는 뉴스가 나온다. 미국 정부는 그 정체를 밝히기 위해 원정대를 발족하고 피에르 아로낙스 교수와 그의 조수 콩세유, 고래잡이 명수 네드 랜드를 조사에 참여시켰다. 괴생명체의 공격으로 순양함이 혼란에 빠진 와중에 아로낙스, 콩세유, 네드는 바다에 빠진다. 괴생명체에 의해 구출받은 세 사람은 그것이 세계 최초의 잠수함 '노틸러스호'임을 알게 된다. 잠수함의 리더 네모 선장은 육지 세상을 등지고 해저 세계를 탐험하는 바다의 은둔자였다. 선장은 아로낙스 일행과 함께 해저 여행을 했다. 군함이 노틸러스호를 공격하지만 네모 선장은 군함을 격침시킨다. 아로낙스 일행은 바다에 빠졌으나 기적적으로 구출되고, 그 후 노틸러스호가 어떻게 됐는지는 아무도 모른다.

＊
첫 문장

1862년 1월 14일, 런던 시내 워털루 광장 3번지에 있는 왕립 지리학회의 총회에는 많은 사람이 참석했다. 회장인 프랜시스 M경의 연설은 박수로 자주 끊겼지만, 그런 가운데에서도 그는 존경할 만한 동료들에게 중요한 사실을 전했다.

《80일간의 세계일주》
(1873)

첫 문장

1872년, 필리어스 포그 경은 런던 벌링턴 가든스의 새빌로가 7번지 저택에 살고 있었다. 그는 남의 시선을 끄는 행동은 안 하려고 하는 것 같지만, 알고 보면 런던의 개혁 클럽(영국 자유당 당원들의 교류 공간)에서 가장 독특하고 눈에 띄는 사람이었다.

노벨상 수상작가 작품 첫 문장 모음

* * *

페트로니우스는 한낮이 되어서야 간신히 잠에서 깨어났다. 그러나 언제나 그렇듯이 심한 피로를 느꼈다. 그는 지난밤 네로가 베푼 연회에 참석했다가 거의 밤을 새우다시피 했기 때문이다.

《쿠오 바디스》(1896)
헨릭 시엔키에비치(Henryk Sienkiewicz, 1846~1916, 폴란드)
1905년 수상

이승과 저승의 경계는 어디에서 모호해지는 것일까? 나는 인도에 장기간 체류하면서 '모르는 게 약'이라는 사실을 알았다. 그래서 객관적인 사실만 쓸 참이다.

《검은 예언》(1887)
러디어드 키플링(Rudyard Kipling, 1865~1936, 영국)

1907년 수상

이제는 길고 긴 호수와 풍요로운 평원 그리고 푸른 산을 소개
할 차례다. 이곳이야말로 예스타 베를링과 에케뷔의 기사들
이 유쾌하게 살아간 무대이기 때문이다.

《예스타 베를링 이야기》(1891)
셀마 라게를뢰프(Selma Lagerlof, 1858~1940, 스웨덴)

1909년 수상

강물 소리가 집 뒤에서 높아갔다. 첫 새벽부터 내리는 비가 창 유리를 때렸다. 김이 엉긴 물방울이 금이 난 유리의 한 구석을 따라 뚝뚝 떨어졌다. 누르스름한 낮빛이 희미해간다. 방 안은 어둑하고 무겁다.

《장 크리스토프》(1904)
로맹 롤랑(Romain Rolland, 1866~1944, 프랑스)

1915년 수상

"기다렸다 내리세요! 기차가 설 때까지 기다리세요!" "아저씨, 이 짐 좀 가져다주시겠어요? 아저씨, 괜찮겠어요?" 도착은 그러했다. 그러니까 지금 이곳이 사람들이 가슴 에도록 그리워하는 그 고향이란 말인가!

《이마고》(1906)
카를 슈피텔러(Carl Spitteler, 1845~1924, 스위스)

1919년 수상

내가 크리스티아나*에서 굶주림에 배를 움켜쥔 채 방황하던 시절이었다. 크리스티아나는 그곳을 떠나가게 되기까지 누구에게든 반드시 흔적을 남겨 놓고야 마는 그런 기이한 도시였다.

---

* 1624년부터 1924년까지 노르웨이의 수도였던 지금의 오슬로

《굶주림》(1890)
크누트 함순(Knut Hamsun, 1859~1952, 노르웨이)

1920년 수상

어린 시절에 있었던 일들을 나는 마치 기억의 바구니 속에 차곡차곡 모아둔 것처럼 바래지 않는 선명한 모습으로 간직하고 있다. 때때로 어린 시절을 전혀 기억할 수 없다고 말하는 사람들을 만나게 되면 거짓말을 들은 듯 의심스러운 표정을 짓게 된다.

《내 친구 수첩》(1885)
아나톨 프랑스(Anatole France, 1844~1924, 프랑스)

1921년 수상

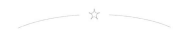

어느 평범한 젊은이가 한여름에 고향 함부르크를 떠나 그라우뷘덴 주*에 있는 다보스 플라츠로 여행을 떠났다. 3주 예정으로 누군가를 방문하러 가는 길이었다. 하지만 함부르크에서 그곳까지는 긴 여정이다. 3주라는 짧은 기간을 머물기에는 사실 너무 먼 거리다.

* 스위스의 주 이름

《마의 산》(1924)
토마스 만(Thomas Mann, 1875~1955, 독일)

1929년 수상

2세대 전 치푸와즈족이 캠프 생활을 하던 미시시피강변 어느 언덕 위에서 한 처녀가 수레국화 빛깔로 물든 북아메리카의 푸른 하늘을 배경으로 휴식을 취하고 있었다.

《메인 스트리트》(1920)
해리 싱클레어 루이스(Harry Sinclair Lewis, 1885~1951, 미국)
1930년 수상

포사이트가(家)의 가족 잔치에 참석할 특권을 가졌던 사람들은 그 매력적이고 교훈적인 장면 - 중류계급의 상층에 속하는 한 집안이 성장을 갖추고 모인 것을 보았다.

《포사이트가 이야기》(1922)
존 골즈워디(John Galsworthy, 1867~1933, 영국)

1932년 수상

하인들 사이에서 '집시'라는 별명으로 불리던 끄라소프가(家)의 증조부는 지주 두르노보가 일부러 풀어놓은 보르조이 사냥개들에게 물려 죽었다. 집시가 자기 주인이던 두르노보의 정부를 가로챘기 때문이었다.

《마을》(1910)
이반 알렉세예비치 부닌(Ivan Alekseyevich Bunin, 1870~1953, 러시아)
1933년 수상

다른 사람들이라면 이것으로 책 한 권을 쓸 수 있었을 것이다. 지금부터 내가 하려는 이야기는 내 모든 정열과 기력을 쏟아가며 실제로 겪었던 체험담이다. 그래서 아주 담담하게 그 추억을 적어 보려고 한다.

《좁은 문》(1909)
앙드레 지드(Andre Gide, 1869~1951, 프랑스)

1947년 수상

에밀리 그리어슨 양이 죽었을 때 우리 읍내에서는 한 사람도 빠짐없이 그녀의 장례식에 참석했다. 그녀의 집은 한때 흰 칠을 한, 크고 네모진 목조 건물이었다.

《에밀리에게 장미를》(1930)
윌리엄 포크너(William Faukner, 1897~1962, 미국)

1949년 수상

테레즈, 많은 사람들이 너는 존재하지 않는다고 말할 것이다. 하지만 수년 전부터 너를 염탐하고, 네가 가는 길목에서 너를 붙잡고, 너의 가면을 벗기던 나는 네가 존재한다는 것을 안다.

《테레즈 데케루》(1926)
프랑수아 모리악(François Mauriac, 1885~1970, 프랑스)

1952년 수상

드리나 강의 물길은 대부분 가파른 산속 좁은 협곡을 흘러내리거나 아니면 절벽의 둑을 안은 깊은 산협 사이로 흐른다. 몇몇 군데는 탁 트인 골짜기가 만들어지고 그 강의 양면(兩面)으로 제법 평평하고 집도 짓고 농사도 지을 만한 비교적 비옥한 곳이 생겨났다.

《드리나 강의 다리》(1945)
이보 안드리치(Ivo Andric, 1892~1975, 유고슬라비아)

1961년 수상

가장 좋은 방법은 그날그날 일어나는 일들을 적어두는 것이다. 그런 일들을 명확하게 관찰하기 위해 메모를 빠짐없이 쓸 것. 아무리 하찮아 보이는 일이라도, 느낌들과 자잘한 사실들을 놓치지 않을 것. 특히 그것을 분류할 것. 내 눈에 이 테이블, 거리, 사람들, 내 담뱃값이 어떻게 보이는지 이야기해야 한다. 왜냐하면 변한 것은 '그것'이기 때문이다.

《구토(嘔吐)》(1938)
장 폴 사르트르((Jean-Paul Sartre, 1905~1980, 프랑스)

1964년 수상

멜레호프의 집은 마을에서 꽤 떨어진 변두리에 있었다. 울짱의 조그만 문은 북쪽 돈강으로 통했다. 초록빛으로 이끼 낀 상앗빛 바위 사이를 따라서 십오륙 미터나 되는 가파른 내리막길을 내려가면 바로 강기슭이었다.

《고요한 돈강》(1928)
미하일 알렉산드로비치 숄로호프(Mikhai lAleksandrovich Sholokhov,
1905~1984, 러시아)   1965년 수상

허먼 브로더는 잠자리에서 몸을 뒤척이며 한쪽 눈을 떴다. 그는 머리가 몽롱해서 자신이 미국에 있는지, 치프케프에 있는지, 아니면 독일의 유대인 수용소에 있는지 알 수 없었다.

《대통령 각하》(1946)
미겔 앙헬 아스투리아스 로살레스(Miguel Ángel Asturias Rosales,
1899~1974, 과테말라)   1967년 수상

나무가 있는 시골집. 저녁. 에스트라공이 돌 위에 앉아서 구두를 벗으려고 한다. 두 손으로 기를 쓰며 한쪽 구두를 잡아당기다 힘이 다 빠져 멈추고는 가쁜 숨을 쉬었다가 다시 시작한다.

《고도를 기다리며》(1952)
사뮈엘 베케트(Samuel Beckett, 1906~1989, 프랑스(아일랜드계))
1969년 수상

대장이 병사들을 사열했다. 행군은 피로하고 지루하고 진지하지 못했다. 대장도, 대령도, 대위도 병사들에게는 멀리 있는 사람들이나 마찬가지였고, 그들에게 아무 것도 요구할 수 없었다.

《아담아, 너는 어디에 있었느냐》(1951)
하인리히 뵐(Heinrich Böll, 1917~1985, 독일)

1972년 수상

역(驛) 밖의 사람들의 감정은 다시 평범해졌다. 인파를 이룬 사람들의 얼굴에서 개인적인 특색을 찾을 수 없었다. 진정 밤이어서 네온 불빛이 걸어가는 사람들을 비추어 주어도, 아무 특별한 비밀을 노출시키지 못했다.

《산 자와 죽은 자》(1941)
패트릭 화이트(Patrick White, 1912~1990, 호주)

1973년 수상

정말 내가 미쳤다고 해도 상관없다, 모지스 허조그는 생각했다. 사람들이 제정신이 아니라고 했기에 그 역시 잠시 자신이 제정신이 아닌지 의심해 보기도 했었다.

《허조그》(1964)
솔 벨로(Saul Bellow, 1915~2005, 미국)

1976년 수상

찬연한 빛을 내는 불을 밝혀 주소서! 부싯돌을 밝히는 종소리여! 종소리가 기도 소리에 아랑곳 않고 윙윙거리며 귓가를 울듯이, 어둠 속의 빛과 빛 속의 어둠이 혼미하게 뒤엉켜 있도다.

《원수들, 사랑 이야기》(1972)
아이작 바셰비스 싱어(Isaac Bashevis Singer, 1902~1991, 미국)
1978년 수상

"얘야, 여기서 뭐해?" "아무것도 안 해요." "그런데 왜 여기서 있지?" "그냥요." "너 벌써 글을 읽을 줄 아는 거니?" "그럼요." "몇 살이니?" "아홉 살이 지났어요."

《현혹》(1935)
엘리아스 카네티(Elias Canetti, 1905~1994, 불가리아)

1981년 수상

많은 세월이 지난 뒤, 총살형 집행 대원들 앞에 선 아우렐리아노 부엔디아 대령은 아버지에 이끌려 얼음 구경을 갔던 먼 옛날 오후를 떠올려야 했다.

《백년의 고독》(1967)
가브리엘 가르시아 마르케스(Gabriel Garcia Marquez, 1927~2014, 콜럼비아)
1982년 수상

여름은 여름이었다. 하지만 비가 여전히 온종일 내리고 있었다. 마치 교회 축제를 위해 준비된 날씨 같았다고 하는 것이 가장 정확한 말이겠다.

《피라미드》(1967)
윌리엄 골딩(William Golding, 1911~1993, 영국)

1983년 수상

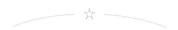

그의 손에는 편지가 쥐어져 있었다. 고개를 들어 나를 바라보
다가 다시 편지를 보고, 그리고 다시 나를 바라보았다.

《플랑드르로 가는 길》(1960)
클로드 시몽(Claude-Eugene-Henri Simon, 1913~2005, 프랑스)
1985년 수상

다시 한번 그는 자유의 미풍을 들이마신다. 하지만 대기는 숨이 막히도록 탁했고, 참을 수 없을 만큼 뜨거웠다. 그를 기다리고 있는 것이라곤 자신의 푸른 옷과 고무신만이 있을 뿐, 사람이라곤 아무도 눈에 띄지 않았다.

《도적과 개들》(1961)
나기브 마푸즈(Naguib Mahfouz, 1912~2006, 이집트)

1988년 수상

돈 호아킨 바레라 로페츠 귀하. 친애하는 로페츠 씨. 우선 이런 긴 이야기를, 역시 쓸데없이 긴 편지와 함께 보내는 것을 용서하십시오.

《파스쿠알 두아르테 가족》(1942)
카밀로 호세 셀라(Camilo Jose Cela, 1916~2002, 스페인)

1989년 수상

8월 하순의 어느 토요일, 내 친구 올웬 테일러의 어머니가 우리집에 전화를 걸어와 올웬이 결혼식에 참석해야 해서 같이 영화를 보러 갈 수 없다고 했다.

《거짓의 날들》(1953)
나딘 고디머(Nadine Gordimer, 1923~2014, 남아프리카공화국)

1991년 수상

수녀들은 욕정처럼 소리 없이 지나가고, 술 취한 남자들과 술 취하지 않은 눈들이 그리크 호텔의 로비에서 노래를 부른다. 카페 위층에 사는 로즈메리 빌라누치가 버터 바른 빵을 먹으며 1939년형 뷰익에 앉아 있다.

《가장 푸른 눈》(1970)
토니 모리슨(Toni Morrison, 1931~2019, 미국)

1993년 수상

그렇다. 나는 정신병원의 수용자다. 나의 간호사는 거의 한눈을 팔지 않고 문짝의 감시 구멍으로 나를 지켜본다.

《양철북》(1959)
귄터 그라스(Günter Grass, 1927~2015, 독일)

1999년 수상

— ☆ —

처음 나흘 동안은 계속해서 비가 쏟아졌다. 나는 내가 있는 곳을 제대로 살펴볼 수가 없었다. 나흘 뒤에야 비가 그쳤고, 비로소 내가 지내는 시골집 앞의 헛간과 잔디밭 너머로 펼쳐진 들판과 그 들판 가장자리를 띠처럼 둘러싸고 있는 숲이 보였다.

《도착의 수수께끼》(1987)
비디아다르 나이폴(Vidiadhar Naipaul, 1932~2018 , 영국(트리니다드계))
2001년 수상

노인은 책장을 겸한 책상 앞에 서서 생각에 잠겨 있다. 아침 나절, 10시가 채 안 된 비교적 이른 시간이다. 이 시간쯤 노인은 언제나 생각에 잠겨 있다.

《좌절》(1975)
임레 케르테스(Imre Kertesz, 1929~2016, 헝가리)

2002년 수상

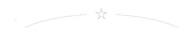

나는 그런 걸 본 적이 없다. 그의 눈앞에는, 작고 동그란 유리 두 개가 철사로 매달려 있다. 그는 장님인가? 만약 장님이란 걸 가리기 위한 것이라면 이해하지 못할 바도 아니다. 그러나 그는 장님이 아니다.

《**야만인을 기다리며**》(1980)
존 맥스웰 쿠치(John Maxwell Coetzee, 1940~ , 남아프리카공화국)
2003년 수상

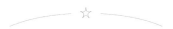

피아노 선생으로 일하는 에리카 코후트는 어머니와 함께 사는 아파트 안으로 회오리바람처럼 달려들어온다. 딸의 몸놀림이 이따금 엄청나게 빠르기 때문에 어머니는 에리카를 '내 귀여운 회오리 바람'이라고 부르길 좋아한다.

《피아노 치는 여자》(1983)
엘프리데 엘리네크(Elfriede Jelinek, 1946~ , 오스트리아)

2004년 수상

어느 날 한 권의 책을 읽었다. 그리고 나의 인생은 송두리째 바뀌었다. 첫 장에서부터 느껴진 책의 힘이 어찌나 강렬했던 지, 내 몸이 앉아 있던 책상과 의자에서 멀리 떨어져 나가는 듯한 느낌을 받았을 정도였다.

《새로운 인생》(1994)
오르한 파묵(Orhan Pamuk, 1952~ , 터키)

2006년 수상

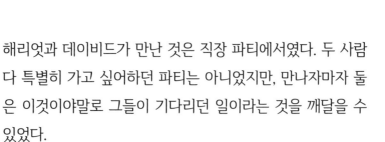

해리엇과 데이비드가 만난 것은 직장 파티에서였다. 두 사람 다 특별히 가고 싶어하던 파티는 아니었지만, 만나자마자 둘은 이것이야말로 그들이 기다리던 일이라는 것을 깨달을 수 있었다.

《**다섯째 아이**》(1988)
도리스 레싱(Doris Lessing, 1919~2013, 영국)

2007년 수상

예닐곱 살 무렵에 나는 유괴당했다. 그때 일은 잘 기억나지 않는데, 너무 어렸던데다가 그 후에 살아온 모든 나날이 그 기억을 지워버렸기 때문이다.

《**황금 물고기**》(1996)
장 마리 귀스타브 르 클레지오(Jean Marie Gustave Le Clezio, 1940~ , 프랑스)
2008년 수상

내가 가진 것은 모두 가지고 간다. 달리 말해, 내 모든 것이 나와 더불어 간다. 내가 가진 것은 모두 가지고 갔다. 사실 내 것은 아니었다.

《숨그네》(2009)
헤르타 뮐러(Herta Müller, 1953~ , 루마니아)

2009년 수상

꽤나 오래전 한창 젊었던 시절에 나는 미라플로레스의 오차란 로에 있는 하얀 회벽칠을 한 빌라에서 조부모님과 함께 살고 있었다. 그 당시 나는 산마르코스 대학에서 법학을 공부하고 있었는데, 내가 기억하기론 아마도 훗날 프리랜서로 일하면서 밥벌이를 해보겠다는 생각에서였을 것이다.

《나는 훌리아 아주머니와 결혼했다》(1977)
마리오 바르가스 요사(Mario Vargas Llosa, 1936~ , 페루)

2010년 수상

1939년 음력 8월 초아흐레였다. 토비(土匪: 그 지역의 악당이나 비적)의 후손인 아버지는 그때 열네 살이 조금 넘은 나이로, 나중에 온 세상에 이름을 떨치게 된 전설적인 영웅 위잔아오 사령관의 대열을 따라서 일본군 전차 부대를 매복 공격하기 위해 자오핑으로 떠났다.

《홍까오량가족(紅高粱家族)》(1987)
모옌(莫言(Mo Yan), 본명은 관머우예(管謨業), 1955~ . 중국)

2012년 수상

어린 시절 나는 길게 뻗은 길 끝에서 살았다. 아니 어쩌면 내게만 길게 느껴졌던 길 끝에서. 초등학교와 고등학교에서 집으로 걸어 돌아올 때, 내 등 뒤 진짜 타운에는 활기찬 분위기의 보도와 어두워지면 켜지는 가로등이 있었다.

《디어 라이프》(2012)
앨리스 먼로(Alice Munro, 1931~2024 , 캐나다)

2013년 수상

나는 아무 것도 아니다. 그날 저녁 어느 카페의 테라스에서 나는 한낱 환한 실루엣에 지나지 않았다. 나는 비가 멈추기를 기다리고 있었다.

《어두운 상점들의 거리》(1978)
파트릭 모디아노(Patrick Modiano, 1945~ , 프랑스)

2014년 수상

나는 전쟁에 대해 책을 쓰고 있다…… 내가 어렸을 때나 젊었을 때는 누구나 전쟁 이야기를 즐겨 읽었지만, 나는 전쟁 이야기를 좋아하지 않았다.

《전쟁은 여자의 얼굴을 하지 않았다》(1983)
스베틀라나 알렉시예비치(Svetlana Alexievich, 1948~ , 벨라루스)
2015년 수상

얼마나 많은 길을 걸어야 한 인간은 비로소 사람이 될 수 있을까?

《불어오는 바람 속에(Blowin' in the Wind)》(1963)_노래 가사
밥 딜런(Bob Dylan, 1941~ , 미국)

2016년 수상

나를 맞이하기 위해 기다리는 사람이 아무도 없는 것을 보고, 심지어 프런트 직원마저 자리에 없는 것을 보고, 택시 운전사는 적잖이 당황한 눈치였다.

《위로받지 못한 사람들》(1995)
이시구로 가즈오(石黒一雄, 1954~ , 영국)

2017년 수상

태고(太古)는 우주의 중심에 놓인 작은 마을이다. 남에서 북까지 태고를 빠른 걸음으로 가로지르면, 대략 한 시간쯤 걸린다. 동에서 서까지도 마찬가지다.

《**태고의 시간들**》(1996)
올가 토카르추크(Olga Tokarczuk, 1962~ , 폴란드)

따사롭긴 하지만 흐렸던 어느 아침 그들이 문밖으로 나서려고 할 때 '길을 떠나기에 더없이 좋은 날이군요' 하고 이플란트가 말을 꺼냈다.

《긴 이별을 위한 짧은 편지》(1971)
페터 한트케(Peter Handke, 1942~ , 오스트리아)

2019년 수상

내 고통의 끝자락에 문이 하나 있었어.

《야생 붓꽃》(1992)(시집)
루이즈 글릭(Louise Gluck, 1943~ , 미국)

2020년 수상

그녀는 나중에 들르겠다고 말했고, 그렇게 말할 때면 가끔 정말로 들르곤 한다.

《바닷가에서》(2001)
압둘라자크 구르나(Abdulrazak Gurnah, 1948~ , 탄자니아)

2021년 수상

나는 늘 내가 쓴 글이 출간될 때쯤이면 내가 이 세상에 존재
하지 않을 것처럼 글을 쓰고 싶어했다.

《집착》(2002)
아니 에르노(Annie Ernaux, 1940~ , 프랑스)

2022년 수상

커다란 묘지의 한 켠. 늦가을. 비 내린 직후. 나뭇가지에는 아직 잎들이 달려 있고 바닥에는 약간의 낙엽이 뒹군다.

《가을 날의 꿈》(1999)(희곡)
욘 포세(Jon Fosse, 1959~ , 노르웨이)

2023년 수상

당신이 죽은 뒤 장례식을 치르지 못해, 내 삶이 장례식이 되었습니다.

《소년이 온다》(2014) 본문 중
한강(Han Kang, 1970~ , 대한민국)

2024년 수상

살았다
썼다
사랑했다